**Massimo Gramellini**, dopo essere stato a lungo vicedirettore del quotidiano « La Stampa », dal febbraio 2017 scrive sul « Corriere della Sera », di cui è uno dei vicedirettori. Dopo aver condotto con Fabio Fazio la trasmissione *Che fuori tempo che fa*, dal 2016 conduce il programma di Rai3 *Le parole della settimana*. Con Longanesi ha pubblicato i saggi *Ci salveranno gli ingenui* (2007), *Cuori allo specchio* (2008) e *La magia di un Buongiorno* (2014), e i romanzi *L'ultima riga delle favole* (2010), *Fai bei sogni* (2012), *Avrò cura di te* (2014), scritto a quattro mani con Chiara Gamberale e *C'era una volta adesso* (2020). Nel 2019 presso Solferino è uscito *Prima che tu venga al mondo*. Nel 2014 ha vinto il premio « è Giornalismo ».

Dello stesso autore in edizione TEA:

*Cuori allo specchio*
*L'ultima riga delle favole*
*La magia di un Buongiorno*
*Avrò cura di te* (con Chiara Gamberale)
*Fai bei sogni*
*C'era una volta adesso*

Massimo Gramellini

# C'era una volta adesso

Romanzo

TEA

Per informazioni sulle novità
del Gruppo editoriale Mauri Spagnol visita:
www.illibraio.it

TEA - Tascabili degli Editori Associati S.r.l., Milano
Gruppo editoriale Mauri Spagnol

www.tealibri.it

Published by arrangement with The Italian Literary Agency

Edizione su licenza della Longanesi & C.

Prima edizione SuperTEA giugno 2022

# C'ERA UNA VOLTA ADESSO

*A Simona,*
*il tuo sorriso è casa.*

*Alla fine tutto andrà bene.*
*E se non va bene*
*significa che non è ancora la fine.*

(attribuita a John Lennon)

Sono diventato grande da piccolo, quando un virus mi costrinse a chiudermi in casa con una persona che detestavo.

In una storia degna di questo nome, l'eroe si allontana dal suo ambiente naturale per avventurarsi in un mondo sconosciuto, dove combatte il mostro che ha dentro finché non lo uccide o viene ucciso da lui. Ho compiuto quel viaggio a nove anni, senza mai oltrepassare il portone del mio condominio.

Non ero solo. Tutto il mondo affrontava la stessa prova. Qualcuno ne approfittò per cambiare. Qualcun altro non ci riuscì.

Con l'approssimarsi della vecchiaia ho ricominciato a sentirmi bambino. Rido e piango per delle sciocchezze, e qualunque novità mi eccita o mi spaventa.

Sono nelle condizioni ideali per provare a rivivere quanto mi accadde allora, ma ogni volta che spalanco la bocca ai ricordi i miei nipoti alzano lo scudo della diffidenza: li considerano un prodotto di scarto della fantasia.

Soltanto la parola scritta viene ancora percepita come un incantesimo. Confido che riesca a compiere quello di guadagnarsi la loro attenzione. E la vostra.

# IL TINELLO DI NONNA GEMMA

All'inizio il virus non mi stava del tutto antipatico. Gli riconoscevo il merito di aver fatto saltare la festa del mio compleanno. Mia madre l'aveva annullata nel timore che il contagio si potesse infilare dentro la ciotola dei popcorn.

A me preoccupavano di più gli invitati. Non sopportavo l'idea che degli estranei invadessero la mia stanza e trattassero i miei giocattoli come se fossero stati i loro. Nessuno mi chiedeva mai il permesso di scombussolarmi la vita.

L'estraneo peggiore era Giulio Mauro, il vicino di pianerottolo. All'epoca non avevo ancora capito quale dei due nomi fosse il cognome. Non mi piaceva, eppure avrei voluto piacergli. Apparteneva a una categoria di individui in cui mi sarei imbattuto spesso nel corso degli anni. Quelli che ti sventolano in faccia la loro bontà per farti del male. Sono i cattivi più subdoli.

L'ultima volta che era entrato nella mia camera aveva insistito per cambiare l'acqua a Ron, il pesciolino rosso. Era sporca, secondo lui. Così l'aveva rovesciata nella tazza del gabinetto con il pesciolino dentro. Poi aveva tirato lo sciacquone. Da quel giorno Ron viveva nelle fogne per colpa sua, ma

Giulio Mauro non gli aveva neanche chiesto scusa. Sosteneva che era stato il pesciolino a buttarsi.

Nonna Gemma insistette perché andassimo a soffiare le candeline a casa sua.

Sulla carta non sembrava un viaggio particolarmente complicato – la nonna abitava al piano di sopra –, eppure mia madre lo affrontò come se fosse stata una missione nello spazio.

Dopo avere costretto me e mia sorella a mettere la mascherina, ci spruzzò addosso una quantità tale di disinfettante che per reazione Rossana cominciò a starnutire. Mia madre le conficcò un termometro sotto l'ascella – a me venne in mente *La spada nella roccia* –, ma Ross le disse di infilarselo da qualche altra parte e io feci finta di non avere capito dove.

Usciti di casa dopo una seconda serie di spruzzi, stavamo per affrontare l'impresa di salire un piano di scale quando si avvicinò un fattorino dai lineamenti asiatici che reggeva una torre pendente di pizze in scatola. Chiese a mia madre se sapeva dove abitassero i Mauro e lei anziché rispondergli si appiattì contro la parete. Il fattorino sorrise: « Tranquilla, signora, sono coreano ».

Nonostante il virus alitasse alle porte della città (il contagiato numero uno si chiamava Mattia, proprio come me), la pandemia rimaneva ancora una faccenda prevalentemente cinese. Bastava che pronunciassimo la parola Wuhan davanti a lei perché mia madre ci spedisse in bagno a lavarci le mani.

La rivedo appoggiata a quel muro, con le gambe lunghissime infilate dentro i jeans neri e le maniche del maglione tirate giù all'inverosimile nel tentativo di coprirsi le dita. Mia madre aveva un corpo da statua avvitato a un volto da ragazzina. Aveva anche un nome russo e bellissimo, Tania, ma tutte le sue amiche lo storpiavano in T'ansia, tranne una che era più ansiosa di lei. Leggeva soltanto libri spirituali ed era esperta in tecniche di rilassamento, ma non ho mai capito che cosa se ne facesse di tutta quell'esperienza, dato che bastava un colpo di tosse di uno dei suoi figli per mandarla in affanno.

Fortuna che esisteva Rossana. Mia sorella rappresentava il ramo solido della famiglia. Se le fosse caduta in testa la casa mentre dormiva, si sarebbe limitata a spolverarsi la camicia da notte. Nel tentativo di placare l'agitazione che T'ansia ci riversava addosso a cadenze sempre più ravvicinate, mi aveva detto che il virus era una specie di influenza di cui non bisognava avere paura, perché al massimo avrebbe fatto fuori qualche nonno.

Stavolta però non mi aveva tranquillizzato per niente: io non volevo che il virus facesse fuori mia nonna. Lei era il mio salvagente e il mio aquilone.

Il pranzo a casa di nonna Gemma fu una pacchia, come no.

L'odore del cibo si confondeva con quello del disinfettante, producendo un effetto nauseabondo.

T'ansia raccomandava a tutti di non toccarsi gli occhi e di starnutire nel gomito, ma era tale la paura di sbagliare che non starnutiva nessuno.

Ross si era innamorata da qualche giorno di un ragazzo della scuola e non staccava i suoi celebri occhi azzurri dallo schermo del cellulare.

Quanto a zia Irene, la sorella più piccola di mia madre, guardava un punto indefinito della parete e non apriva bocca nemmeno per mangiare. Aveva un impiego precario nella Capitale e, come tutti i sabati dispari, era tornata a Milano per stare con il fidanzato – un tipo simpatico che teneva sempre in tasca qualche figurina di dinosauri da regalarmi – ma appena le chiesi di lui si soffiò il naso con tale fragore che T'ansia le suggerì di andarsi a misurare la febbre.

L'unica persona pressoché normale sarebbe stata nonna Gemma, se non si fosse assegnata il compito di ingozzarmi di pastasciutte. Ne aveva preparate ben tre: penne lisce al pesto, penne lisce al tonno e penne lisce al pomodoro. Sugli scaffali del supermercato erano rimaste soltanto le penne lisce, evidentemente – pensavo – non le digeriva nessuno.

Mi facevano talmente pena che le avrei assaggiate volentieri, se non fosse stato per le condizioni del mio stomaco: era chiuso con un lucchetto di cui temevo di aver perso la chiave. Invece di mangiare, guardavo di continuo il posto vuoto accanto al mio. Quello in cui avrebbe dovuto esserci seduto mio padre.

Si chiamava Andrei, ma non era russo. Era un Andrea che la nonna aveva coniugato al condizionale per sottolineare il suo modo ipotetico di muoversi nel mondo. Indeciso a tutto, rappresentava quanto di più lontano potesse esserci dalla mia idea di supereroe. E io, di supereroi, ne avevo un bisogno disperato.

Come regalo di compleanno mi aveva promesso la maschera di Spider-Man, ma al terzo piatto di penne lisce cominciai a sospettare che se ne fosse dimenticato: del regalo, del compleanno e, tanto per cambiare, di me.

All'arrivo della torta, il famoso budino ai quattro cioccolati di nonna Gemma, il telefono della mamma si illuminò a festa e apparve la faccia rotonda di Andrei, con quella barba che dava l'impressione di essere sempre troppo corta o troppo lunga, comunque sbagliata.

Mia madre me lo passò, tradendo una smorfia di disgusto. Intanto zia Irene bofonchiava che non si sarebbe mai adeguata a questa nuova moda di parlarsi attraverso uno schermo.

«Auguri, campione!»

Odiavo essere chiamato campione. Specialmente da lui.

«Dove sei, stavolta?», gli domandai.

«Problema... lavoro... fatto tardi... arrivo presto... regalo... mamma... campione...»

Le sue scuse patetiche mi ritornano alla mente in

forma di frasi smozzicate, però non saprei dire se le pronunciò davvero così o se fosse la connessione a essere disturbata. Di sicuro lo ero io: dalla sua assenza così invadente.

Se non poteva dare la colpa a un treno, tirava in ballo qualche problema di lavoro, ma io non avevo ancora capito quale lavoro facesse, e forse era proprio questo il problema.

Uno dei tanti.

Mia sorella conservava la memoria di certi pomeriggi bucolici al parco, quando lui e mia madre la tenevano per mano e ogni tre passi la sollevavano in cielo come una ballerina. Invece il mio primo ricordo era il copriletto marrone che a tre anni mi tiravo fin sopra i capelli, pur di non sentire le loro urla e il rumore delle porte sbattute. E poi le lacrime della mamma, il giorno in cui Andrei se ne era andato di casa.

Le aveva versate in bagno per non farsi vedere, ma io mi ero nascosto dietro la porta ed era come se le avessi raccolte tutte per metterle in un luogo segreto, dove tornavo spesso con l'immaginazione. Mi consideravo il cavaliere della sua Tavola Rotonda e l'avrei sempre difesa da lui e da chiunque altro avesse osato farle del male.

«Auguri, Mattia!»

Accanto a mio padre era apparsa la parrucca bionda della sua fidanzata. Si chiamava Federica ed era la figlia unica di un banchiere che l'aveva abituata a comprarsi qualunque cosa le piacesse. Così un giorno aveva visto mio padre e se l'era comprato.

«Ciao, come stai?», le chiesi, senza alcun interesse per la risposta. Essere falso era la mia tecnica di autodifesa.

«Bene, caro, non vediamo l'ora di vederti!», rispose lei con un sorriso di denti bianchissimi dietro cui si intravedeva il vuoto educato del cuore.

È un problema che mi trascino da tutta la vita: ogni volta che cerco di fingere, incontro qualcuno più falso di me.

Esauriti i convenevoli, restituii il telefono a mia madre, che lo spense senza aggiungere la carità di una parola. Si sforzò di sorridermi e posò sul tavolo un pacchetto rosso.

«Scartalo, Matti, così mandiamo il video a papà.»

«Preferisco di no.»

«Ma ci tenevi tanto!»

«Grazie, mamma. Lo apro dopo, con Puff.»

Puff era un puff di finto pelo bianco, il mio migliore amico. Abitava in camera mia e aveva questa peculiarità: parlava soltanto quando mi ci sedevo sopra.

«Lascialo fare, Tania», mi venne in soccorso nonna Gemma. «Anche a te piaceva aprirli dopo, i regali, alla sua età.»

«Grazie, nonna», le dissi. «Mi dispiace che ti prenderai il virus.»

Lei strabuzzò gli occhi: « Io mi sento benissimo! »

« Per ora. Rossana dice che starai male. »

« Che cosa gli hai raccontato? », insorse la nonna, voltandosi verso di lei.

Mia sorella si riscosse dal torpore telefonico.

« La verità. Dobbiamo sperare che il virus aggredisca soltanto gli anziani e i malati. Vorrebbe dire che non è abbastanza forte per attaccarci tutti. »

« Brava, Ross! », le rispose nonna Gemma con un tono di voce che adesso catalogherei come sarcastico. « Non vedi l'ora che quel rottame della nonna si levi di torno, vero? »

« Non ho detto questo! Però mi piacerebbe sapere che stai in un posto sicuro. La nonna della mia amica Sofia vive in una casa di riposo in mezzo al verde e si considera la persona più fortunata del mondo. Perché non ci vai anche tu, almeno fino a quando la situazione non ritorna normale? »

« Io non mi muovo da qui! »

« Rossana scherza, mamma », disse mia madre, fulminando mia sorella con il suo celebre sguardo da domatrice di figli.

Ero stufo di stare seduto e quella mi sembrò un'occasione particolarmente nobile per alzarmi. Corsi dalla nonna e la abbracciai. Sapeva di pane, come sempre.

« Non così addosso! », urlò T'ansia.

« Nonna, io non voglio che tu vada a riposarti in un'altra casa! », le dissi. « Per me non sarai mai un rottame. »

Rientrò in scena zia Irene per segnalarci che, se qualcuno aveva diritto di sentirsi un rottame, quel qualcuno era lei, ma non ricordo le sue lagne nei particolari perché avevo già staccato parzialmente le orecchie per concentrarmi sul mio regalo.

Era chiaro che si trattava della maschera di Spider-Man, certe cose un bambino le sente. Ed era altrettanto chiaro che la mamma avrebbe giurato di averla ricevuta per posta da Andrei. Ma era ancora più chiaro che era stata lei a comprarmela la sera prima, quando, dopo una telefonata con mio padre piena di sussurri acidi, l'avevo vista uscire di corsa, talmente in affanno da scordarsi di mettere la mascherina.

Si ostinava a farmi credere che quell'uomo pensasse a me di continuo, mentre entrambi sapevamo benissimo che pensava soltanto a sé.

E male, per giunta.

Chi non riusciva mai a smettere di pensare agli altri era Carlo, il custode del condominio.

Un attimo prima che mia madre accendesse le candeline, apparve sulla porta con un gatto tra le braccia e un'edizione stropicciata di *Cent'anni di solitudine* che gli spuntava dal tascone deformato della giacca.

Se fosse esistito un concorso per la persona più timida dell'universo, io e Carlo saremmo finiti insieme sul podio. Però la sua era una timidezza affollata di gesti. Lo trovavi sempre con le mani impegnate a innaffiare una pianta o a riparare una finestra. Si metteva comodo soltanto quando leggeva.

Aveva studiato fino alla quarta elementare, come me, ma nonna Gemma era una ex professoressa di Lettere e, per ricompensarlo delle commissioni che sbrigava per lei, aveva deciso di trasformarlo in un secchione.

Bella ricompensa, pensavo allora. Ogni primo del mese gli regalava un romanzo e, scaduto il mese, lo interrogava. Qualche volta gli dava anche il voto.

Carlo avanzò verso di noi con mosse impacciate. Era giornata d'interrogazione.

« Signora Gemma, questo libro è magico, ma ho paura di fare confusione con i personaggi: si chiamano tutti Arcadio e Aureliano. »

La nonna gli abbuonò il riassunto di Macondo in cambio della storia del micio che teneva in grembo e Carlo attaccò il racconto strappalacrime della sera in cui aveva visto affiorare il suo muso appuntito dal bidone della spazzatura.

Dopo la ben nota vicenda del pesciolino rosso, avevo espresso il desiderio di avere un gatto, nella speranza che un animale munito di artigli non si sarebbe lasciato trascinare tanto facilmente da Giulio Mauro dentro la tazza del gabinetto.

« Buon compleanno, Mattia! », urlò piano Carlo – urlare piano era una delle sue specialità –, mettendomelo in braccio. « Ti presento Piccino Picciò. »

Ero così felice che mi vennero i sudori freddi. Stavo per diventare padre. Non sapevo come ci si dovesse comportare in casi del genere, ma conoscevo una ricetta infallibile. Sarebbe bastato fare esattamente l'opposto di quello che mio padre aveva sempre fatto con me.

Per cominciare, non mi sarei mai rivolto a lui chiamandolo campione. E neanche Piccino Picciò. Era un nome troppo lungo per un gatto così corto. Decisi di ribattezzarlo Piccipò.

Strofinò il muso contro di me e feci in tempo a contare le striature d'oro che illuminavano il suo pelo, prima che Rossana me lo strappasse dalle mani per scattargli una raffica di foto stucchevoli da pubblicare su quei social dove tutti sembravano sempre belli e felici.

T'ansia protestò: secondo lei era il momento meno adatto per mettersi un animale dentro casa. Non bastava quello che avevano appena combinato i pipistrelli in Cina?

Ignoravo che cosa avessero combinato i pipistrelli, ma non poteva essere molto peggio di quello che mia sorella stava combinando a Piccipò. Promisi solennemente a Carlo che di lui ce ne saremmo occupati soltanto io e Puff.

Gli volevo già bene, ma al pensiero che mio padre era allergico ai gatti gliene volevo anche di più.

A nove anni non sapevo ancora se da grande avrei fatto il pompiere, il capo degli indiani o la spia. Così mia sorella mi aveva regalato un casco dei vigili del fuoco, zia Irene una tenda Sioux e mia madre un marchingegno che ribattezzai l'Orecchione. Era un amplificatore di rumori collegato a due cuffie da pilota di aereo, con cui avrei potuto sentire tutti i suoni del bosco durante le passeggiate in mezzo alla natura. Almeno, questi erano i piani di mia madre, perché io fin da subito pensai di farne un uso, diciamo così, più domestico.

Come ogni anno, la nonna mi aveva impacchettato un paio di regali: uno che piaceva a me e uno che piaceva a lei. Il primo era un registratore tascabile e lo conservo tuttora in una stanza che i miei figli hanno ribattezzato MAP, Museo d'Arte Paterna, dove ho finito per seppellire i reperti tecnologici di una vita intera. Il secondo regalo era un binocolo, che purtroppo è andato perduto in qualche trasloco.

Nonna Gemma aveva la fissazione delle stelle. Mi disse che il binocolo era anche da parte del nonno, il quale adesso abitava proprio lì, tra le stelle, e glielo aveva suggerito in sogno. Ringraziai entrambi, anche se non me ne importava ancora nulla, del cielo.

Non vedevo l'ora di spegnere le mie nove candeline azzurre, gonfiando le gote come il dio Eolo sulla copertina di un libro che una volta mi era caduto su un piede, ma T'ansia mi consentì a malapena di soffiare come il pifferaio di Hamelin, nel timore che mi uscissero schizzi dalla bocca. Una candelina ribelle si rifiutò di spegnersi e la cera iniziò a colare sulla torta.

Il peggio doveva ancora venire. Il peggio suonò al citofono e si presentò all'ingresso con un ridicolo pacchetto a forma di pallone. Anche una persona scarsamente dotata di immaginazione, per esempio mia madre, avrebbe capito che dentro c'era un pallone.

Zeno Zorzi, detto Doppia Zeta. Il suo compagno. Si dava arie da preside nella scuola dove lei insegnava Educazione motoria, come veniva chiamata la ginnastica in quell'epoca bizzarra.

Io lo detestavo quasi quanto la fidanzata di mio padre. Però, a ripensarci, era una brava persona, anche se da qualche giorno la zeppola di cui soffriva lo aveva trasformato in un pericolo pubblico. Gli bastava pronunciare le sue generalità a favore di vento per seminare il panico nei paraggi.

Al momento del brindisi, T'ansia gli consentì di togliersi la mascherina. Aveva una faccia da furetto, gli occhi mobilissimi e un principio di pappagorgia che gli conferiva una certa autorevolezza.

Appena i grandi posarono i calici di spumante e io il bicchiere di Schweppes al limone per cui andavo matto, zia Irene si svegliò dal letargo e, come se solo allora avesse messo a fuoco la presenza del compagno di sua sorella, lo abbordò con tono complice.

«Caro Zeno, ho saputo le novità... A quando il grande passo?»

Doppia Zeta rivolse uno sguardo interrogativo a mia madre, che non se ne accorse perché ne stava già rivolgendo uno piuttosto feroce alla zia, che a sua volta non lo vide perché pendeva dalle labbra smascherate di Zeno Zorzi.

«Me ne sto andando... da casa...», balbettò il poveretto, come se ogni parola in uscita dalla sua bocca fosse un piede appoggiato sui carboni ardenti. «L'ho detto ai miei figli... e a mia moglie... naturalmente... Però non so se sia già il caso di...»

«Ma certo! Quando traslochi qui sotto?», lo travolse zia Irene. Più che di una mascherina, avrebbe avuto bisogno di un bavaglio.

A mia sorella cadde il telefono dalle mani.

«Mamma, Zeno viene a stare da noi?» Rossana ha sempre avuto il talento di andare subito al sodo.

«Non mi sembra il momento né il luogo per parlarne», replicò nostra madre, scandendo le sillabe con una voce aspra e gelida che, se fosse stata un gelato, avrebbe saputo di sorbetto al limone.

«State insieme da una vita, dov'è il problema?»,

insistette zia Irene, che sguazzava nell'imbarazzo altrui come una papera in un lago.

« Senza dubbio, senza dubbio... », farfugliò Zeno Zorzi, contenendo i due « senza » entro dimensioni salivari accettabili, « e ti ringrazio per la considerazione, ma razionalmente non vedo l'urgenza, anche se non sarebbe certo un azzardo... »

L'ingorgo di zeta creò lo scompiglio in tutto il tinello e offrì a mia madre il pretesto per riprendere in pugno la situazione.

« Mattia, che cosa fai? »

« Niente, mamma. Registro. »

Avevo già aperto i regali della nonna e l'annuncio di Doppia Zeta mi sembrò un'occasione perfetta per inaugurare il registratore, ma mia madre me lo strappò dalle mani e nonna Gemma mi chiese di seguirla sul balcone per inaugurare anche il binocolo.

« Portami a vedere le stelle, piccinino. »

« Ma sono le due del pomeriggio, nonna! »

« Vorrà dire che guarderemo il sole. »

Quando rientrammo, avevo gli occhi che bruciavano e, appena cominciai a strofinarmeli, T'ansia si alzò da tavola per andare a infilarmi la faccia sotto il rubinetto.

In casa si respirava l'atmosfera di un convegno di igloo. Non avevo idea di che cosa si fossero detti gli altri mentre io e la nonna eravamo sul balcone ad abbronzarci con il binocolo, ma la possibile calata di Zeno Zorzi nella quotidianità delle nostre vite doveva avere invaso i pensieri di tutti.

Mia madre continuava a lanciare messaggi muti al suo compagno, che infine reagì con un annuncio diversivo e completamente privo di zeta.

« Dal Ministero ci hanno comunicato che la settimana prossima chiuderanno tutte le scuole! »

A Rossana ricadde il telefono dalle mani. Nessuno avrebbe saputo indovinare che cosa passasse dietro il sipario dei suoi occhi azzurri. Nessuno, tranne me: stava pensando in quali altri posti a parte la scuola avrebbe potuto incontrare quel Damiano di quinta liceo con cui aveva appena cominciato a vedersi.

Io invece strinsi i pugni sotto il tavolo e dissi sottovoce: « E dai! E vai! »

Nella testa mi scorreva la Lista delle Cose Terrificanti che stavano per scomparire dalla mia vita.

Alzarmi alle sette.

Inventarmi una bugia sempre diversa per i compagni che mi chiedevano dov'era mio padre e quale lavoro faceva.

Venire preso in giro durante la ricreazione per la merendina biologica che mia madre mi infilava a tradimento nello zaino.

Essere chiamato Matt Bunny per via dei denti sporgenti.

Sforzarmi di restare attento durante le lezioni, senza riuscirci mai.

Rimediare votacci in tutte le materie tranne che

nelle poesie in rima sulla cacca, che però non rientravano tra le materie.

Essere chiamato Matt Bunny per via dei denti sporgenti. (Questa compariva due volte nella lista perché era particolarmente terrificante.)

Ero convinto che la chiusura delle scuole mi avrebbe reso finalmente libero, e se allora qualcuno mi avesse detto che la vera libertà consiste nel darsi delle regole gli avrei fatto una pernacchia.

Non immaginavo che il virus stesse per farne una a me. Un dispetto crudele, con tanto di nome e cognome. E il cognome, purtroppo, era identico al mio.

# IL GABBIOTTO DI CARLO

Prima di schiantarsi, il mondo cominciò pericolosamente ad accelerare.

Mio padre stava arrivando a Milano per un appuntamento misterioso con mia madre, e intanto Zeno Zorzi aveva finito di preparare le valige, benché non si sapesse ancora dove sarebbe andato a disfarle. Mia sorella, a cui dovevo queste informazioni, era convinta che soltanto un miracolo avrebbe potuto scongiurare il suo sbarco sul nostro pianerottolo.

L'unica buona notizia riguardava Giulio Mauro: se n'era andato di casa.

Non che se ne fosse proprio andato. Un coniglio del genere non avrebbe trovato neanche il coraggio di attraversare la strada da solo. Si era trasferito.

Ross disse così: trasferito. Sua madre lavorava tutto il giorno all'ospedale con i malati e per tenerlo al riparo da loro – o, pensavo io, per tenere loro al riparo da lui – lo aveva mandato da una zia in Toscana.

Povera zia, e povera Toscana.

Far scomparire il Cattivo all'inizio di un racconto sembrerebbe una mossa non troppo intelligente. A meno di non averne a disposizione un altro dotato di sufficiente umanità da apparire contraddittorio, che incarni gli aspetti repressi del protagonista e sia abbastanza ossessivo nella sua cattiveria da aiutarlo a portare quelle ombre alla luce.

Un cattivo come Zeno Zorzi potrebbe non rivelarsi all'altezza delle aspettative. Aveva dalla sua il fascino perverso del Patrigno, con cui mi ero misurato imbattendomi per caso in un film su David Copperfield dove il protagonista veniva preso a cinghiate sul sedere dal nuovo marito della madre, ma l'immagine di Doppia Zeta che si sfila la cintura dei pantaloni per frustarmi le chiappe non era tra i miei incubi ricorrenti, e non solo perché il fidanzato di mia madre prediligeva le bretelle. Di un suo ingresso in casa nostra mi preoccupavano assai di più le ricadute psicologiche.

Io non ero mai stato il primo amore di nessuno. Ero nato dopo Rossana e, per quanto mia madre non mancasse di manifestare una preferenza nei miei confronti, l'essermi affacciato per secondo mi aveva privato del diritto di rappresentare ai suoi occhi una novità. Nella classifica affettiva di Zeno Zorzi, affollata di figli e di sensi di colpa, sarei partito ancora più in basso e senza un desiderio reale di scalare posizioni. Come se non bastasse, la sua presenza avrebbe distratto mia madre da me, mettendo a repentaglio anche il misero primato che mi rimaneva: quello di suo convivente di sesso maschile preferito.

L'unico per il quale sarei dovuto essere indiscutibilmente al primo posto non era interessato a riconoscermelo, e tutto l'amore che ricevevo dagli altri non bastava a ricompensare l'ingiustizia di non poterne avere da lui.

Essere amati non è sufficiente. Bisogna *sentirsi* amati. E per quanto amore io respirassi intorno a me c'era una falla nella mia vita che lo risucchiava tutto, procurandomi crisi frequenti di asfissia.

Il ruolo del Cattivo non poteva dunque essere che di mio padre.

Abitava nella Capitale, anche se stentavo a crederci. Se tu sei una Capitale, ragionavo, non puoi ridurti a prendere in casa uno come mio padre. Con quella Federica che lo manovrava come una play-station, poi.

Un paio di volte al mese, e neppure tutti i mesi, saliva su un treno che era sempre in ritardo per venire a Milano a mangiare il gelato.

Quelle domeniche di sconfinata malinconia cominciavano con mia madre che mi vestiva elegante, mi scortava fino al gabbiotto del custode e ritornava subito a casa per non correre il rischio di incontrare Andrei, lasciandomi in compagnia di Carlo e delle sue storie di vermi.

Da giovane, Carlo era stato un giardiniere e aveva conosciuto un'infinità di bruchi, millepiedi e lombrichi. Di alcuni di loro, diceva, era diventato persino amico. Poi si era sposato con una donna terrorizzata dai vermi e non li aveva frequentati più.

Dopo trent'anni sua moglie era morta, ma i vermi non c'entravano niente. Era morta e basta, eppure a Carlo sembrava non bastare. Ogni volta che parlava di lei, si soffiava il naso dentro un fazzoletto largo quanto un lenzuolo.

Oltre la soglia di qualsiasi giustificazione, a un certo punto Andrei si presentava davvero.

Farfugliava scuse incomprensibili, iniziando subito a emanare quella sensazione di estraneità che permeava il nostro rapporto fin dalle origini.

Mio padre era biondo e bello, e prodigo di sorrisi irresistibili. Disgraziatamente gli assomigliavo solo nei suoi tratti distintivi peggiori, come le guance a forma di mappamondo, ma neppure se mi avesse trasmesso gli zigomi pronunciati di un attore avrei potuto perdonargli la totale mancanza di interesse per la mia persona.

Non sapeva nulla di me, e da un mese all'altro dimenticava anche il poco che mi illudevo avesse imparato. Perfino i muri di Milano avevano capito che io non sopportavo la panna sul gelato. Eppure, non passava domenica senza che Andrei mi chiedesse: «Ci mettiamo un po' di panna sopra?» Ero arrivato a pensare che nella Capitale avesse un altro figlio, ubriaco di panna dalla mattina alla sera, e che mi confondesse con lui.

Il gelato era un problema serio. Precipitava sistematicamente fuori dal cono, decorando i vestiti di segni indelebili. Quando mia madre li buttava nella lavatrice, non mancava mai di sottolineare che, se fossi rimasto troppo a lungo nelle grinfie del suo quasi ex marito, mi sarei trasformato in un selvaggio.

Non pago di avermi conciato in quel modo, Andrei mi trascinava nel piccolo parco vicino a casa per una passeggiata indimenticabile, durante la quale se ne stava per la maggior parte del tempo incollato al telefono a parlare degli affari suoi, principalmente di fumetti da vendere e di fumetti da comprare. Si vantava di essere uno dei massimi esperti mondiali del ramo – quando lo diceva, io me lo immaginavo appollaiato su un albero –, ma mia sorella mi aveva spiegato che la sua collezione valeva veramente una fortuna.

Di padri Rossana ne aveva due, anche se il mio era quello che preferiva. Supponevo dipendesse solo dal fatto che l'altro non lo aveva mai conosciuto. Il particolare che fosse cresciuta con Andrei era uno dei pochi aspetti della sua biografia che non le invidiavo.

Ross sosteneva che mio padre fosse un poeta, un animo nobile, un incompreso. A me sembrava più che altro un imbranato. L'unica impresa che fino a quel momento gli era riuscita davvero bene era stata scappare. Soprattutto da me.

Se n'era andato molto tempo prima, senza sprecare tempo a fornirmi spiegazioni. Per non correre il rischio di incontrarmi aveva persino cambiato città. Durante i litigi con mia madre avevano rotto un'infinità di piatti, ma a casa nostra ce n'erano ancora tanti e, mi dicevo, non poteva essere stata quella la ragione vera della sua fuga. Come neanche Federica. Ce ne doveva essere un'altra che riguardava soltanto noi due, altrimenti non mi avrebbe abbandonato così, come si dimentica un regalo non richiesto che fin dall'inizio non ci era piaciuto granché.

Ed eccolo qui, davanti al gabbiotto di Carlo, in questa seconda domenica di marzo del Duemilaventi. Incredibilmente puntuale. C'è persino mia madre e si salutano senza sfiorarsi, d'altronde non si toccavano neanche prima.

Nell'avvicinarsi a me, Andrei accenna un abbraccio, ma T'ansia soffoca un urlo e lui rinuncia all'uso delle mani per sollevare un gomito. Ci mette troppa foga, però, e lo manda a sbattere contro il mio naso. Io mi arrabbio, mia madre sorride.

La sento dire a mio padre che le scuole resteranno chiuse un'altra settimana. Andrei le risponde che forse non riapriranno più. Vado a memoria, ma credo sia la prima volta che le sue parole coincidono con i miei desideri.

Mia madre commenta: « I ragazzi in casa tutto il giorno... Spero riaprano almeno i manicomi », e ridono entrambi. Saranno mica impazziti?

La mamma si accuccia sui suoi polpacci da atleta e mi fissa negli occhi come se dovesse stanarmi un pidocchio dalle sopracciglia. Andrei rimane in piedi a guardarle le spalle.

« Mattia, so che tua sorella ti ha già detto qualcosa... »

« Di che cosa? » Fare il finto tonto è una delle mie specialità.

« Dopodomani, io e papà andremo da una persona che deve prendere una decisione importante. »

« Volete trasferirmi in Toscana? », domando con aria disinvolta, mentre il cuore batte fortissimo.

« Ma che dici? Tu sai che io e tuo padre non viviamo più insieme da molto tempo... »

« Certo che lo so, mamma. Abito con te. » I grandi, penso, a volte riescono a pasticciare le cose semplici.

« Non era ancora una situazione definitiva. Adesso, invece, quella persona... »

« La persona di cui parla la mamma è un giudice, e ci farà mettere la firma su un foglio chiamato divorzio », interviene Andrei, insuperabile nel descrivere il suo fallimento sentimentale con i toni del divulgatore televisivo, ma io non lo guardo nemmeno. Ho una questione in sospeso con lei.

« Quindi arriva Doppia Zeta al suo posto? »

« Che cosa c'entra? », risponde mia madre, ma non è una risposta, è un'altra domanda, per di più pronunciata con quella voce da bambina che le esce fuori soltanto quando si sente in imbarazzo.

« Io non voglio cambiare niente! », sbotto.

« Non intendo affrontare questo argomento. » Adesso sfoggia di nuovo il timbro da sorbetto al limone con cui è abituata a mettere in soggezione i suoi studenti. Ma io non stacco le pupille dalle sue, estraendo dal mio repertorio lo sguardo più sfrontato.

« Tu e mio padre non vi vedrete mai più? »

« Certo che ci vedremo... *tu* lo vedrai esattamente come prima. Tutto sarà come prima. »

« E allora a che cosa vi serve andare dal giudice? »

Andrei e T'ansia si guardano. Poi lei si rialza e con uno scatto da fuoriclasse risale in casa, mentre mio padre sfodera la sua classica faccia da impunito.

« Ci andiamo a prendere un bel gelato, Mattia? »

Col freddo che fa.

Fortuna che il bar dei gelati era chiuso. Sulla serranda abbassata qualcuno aveva appiccicato un bigliettino giallo con una scritta rossa.

*Andrà tutto bene.*

Mia madre ne aveva portato uno simile a casa, il giorno prima. Era una piccola medicina dell'anima, diceva, e sembrava pensata apposta per colmare il vuoto degli abbracci che non ci potevamo più dare. A mio padre, invece, faceva salire il nervoso. Secondo lui tutto andava malissimo e sarebbe andato ancora peggio. Era inutile raccontarsi frottole solo per farsi coraggio.

Sulla strada verso il parco non incontrammo nessuno. Il mondo sembrava essere sparito dietro i portoni. Finché una sagoma lontana e indistinta si trasformò a poco a poco in una ragazza con i capelli lunghi e castani, due gambe chilometriche che spuntavano dai pantaloncini senza le calze, e uno sguardo imbronciato simile a quelli delle riviste di moda che mia madre teneva impilate sul tavolino del salotto.

Mia sorella.

Ai miei occhi rappresentava una delle sette meraviglie del mondo. L'unica delle sette che conoscevo, tra l'altro. Che si fosse avventurata nel deserto di un pomeriggio simile era il sintomo più evidente di come la situazione in casa fosse sul punto di precipitare.

Le bastò avvicinarsi a mio padre perché il broncio si spianasse in un sorriso. « Lo sapevo che sareste venuti qui... Ho troppe cose da raccontarti, papà! »

Non era figlia sua, e lo chiamava papà. Io lo ero, ma proprio per questo preferivo non chiamarlo neppure per nome.

Ross sussurrò una frase all'orecchio di Andrei e lui annuì gravemente, un avverbio che, riferito a mio padre, a distanza di tanti anni mi fa sorridere. Trovai quel loro parlarsi all'orecchio piuttosto irrispettoso nei miei confronti. Ero geloso di entrambi, ma soprattutto di mia sorella. Avrei voluto che si confidasse con me, invece che con lui.

Per tenermi buono, Andrei mi passò il suo telefono. Ancora adesso lo riconoscerei tra mille, per via dello schermo scheggiato a forma di fulmine, come la fronte di Harry Potter.

Mi aveva installato il giochino di un verme che doveva inghiottire altri vermi senza farsi mangiare. A Carlo non sarebbe dispiaciuto, ma io ero troppo di malumore per non trovarlo noioso. Fortuna che avevo i pollici snodabili ed ero bravissimo a fare il verme e a tenere d'occhio quei due, in contemporanea. Di tutti i loro sussurri captai soltanto alcune parole, ma erano quelle essenziali.

*Doppia Zeta*, *Disastro*, *Casa*, *Virus*, *Mamma*, *Fuga* e *Invasione*, benché forse non proprio in quest'ordine.

Rossana sembrava preoccupata anche dalla piega che avrebbe preso la sua storia con il celebre Damiano. Parlando di lui, alzò sensibilmente la voce, perciò riuscii ad afferrare brandelli interi di conversazione.

Questo Damiano abitava fuori Milano, a Segrate, e mia sorella avrebbe tanto desiderato parlargli, ma il giorno prima che chiudessero le scuole Ross aveva rimediato un brutto voto in matematica e sua madre – il gesto non mi stupiva affatto, visto che era anche la mia – le aveva sequestrato il telefono.

Andrei le rispose che capiva benissimo il suo stato d'animo, ma che i sentimenti non possono rimanere confinati troppo a lungo dentro uno schermo perché la loro materia prima sono i contatti e gli odori.

Mi sembrava un'ottima scusa per non prestarle il telefono, invece me lo strappò dalle mani proprio quando mi accingevo a diventare il verme più grasso dell'universo.

Mentre Rossana rovesciava frasi sdolcinate nelle orecchie di Damiano, mio padre pensò bene di prendermi in disparte.

«A proposito del divorzio tra me e la mamma...», esordì, guardando l'aria sopra di me, anziché me. Stava cercando le parole, ma non sapeva più dove le aveva messe.

Da un palo della luce poco distante si staccò uno di quei bigliettini gialli che tanto lo infastidivano. «Ecco...» disse, raccogliendolo da terra. «Andrà tutto bene.»

La coerenza non era mai stata il suo forte.

Stravaccato sul divano del salotto con un gatto a passeggio sulla mia pancia, quella sera guardai l'Inter giocare contro la prima in classifica dentro uno stadio svuotato dal virus. Tenuto conto del risultato, io e Piccipò avremmo fatto meglio ad andare a letto presto.

La sera successiva si sarebbe rivelata la più angosciosamente memorabile di tutte quelle che avevo vissuto fin lì, eppure cominciò con un regalo inaspettato, consegnatomi in bagno da Rossana mentre per la quindicesima volta ci lavavamo le mani: la notizia che Zeno Zorzi era andato a disfare le valige a casa di sua madre. Non si trattava ancora di una vittoria definitiva, precisò la mia strategica sorellina, ma solo di una tregua per guadagnare tempo in attesa di qualcosa.

Subito dopo cena, al posto dell'Inter, sul televisore del soggiorno apparve un signore che mi sembrò avesse un tovagliolo affacciato al taschino. Era il presidente del Consiglio e, al culmine di una predica estenuante di cui non compresi quasi nulla, ci diede finalmente un consiglio: « Rimaniamo distanti oggi per abbracciarci più forte domani ».

« Quindi domani ci possiamo abbracciare? », chiesi a Ross.

« Matti, è un domani generico. Può essere tra una settimana, un mese, un anno... »

Eppure, il tizio col tovagliolo aveva detto proprio « domani ». Pensai che tutti gli uomini, appena diventavano adulti, si mettevano a parlare a vanvera come mio padre.

S'illuminò il telefono della mamma. Intuii subito chi c'era dall'altra parte.

« Come sarebbe, ti chiudono l'albergo? E perché non torni a Roma? Hai la residenza lì, non possono impedirtelo... »

Mia madre si accorse che Ross e io la stavamo ascoltando e uscì dal salotto. Quando tornò, indossava una faccia ricomposta in un sorriso di circostanza che stonava maledettamente con la sua voce da sorbetto al limone.

« Ragazzi, avete sentito: stanno chiudendo il mondo. Gli uffici, le fabbriche, le scuole, i tribunali. Anche il mio divorzio è stato rinviato. »

« Rimaniamo abbracciati oggi per distanziarci più forte domani », scherzò mia sorella, ma la mamma preferì ignorarla per dirigere lo sguardo verso di me.

« Matti... tuo padre avrebbe deciso di restare a Milano ancora un po'... per vedere come va a finire. »

« Di' quello che vuoi, ma ne ha di coraggio », la interruppe Rossana. « Da qui stanno scappando tutti. Hanno assaltato i treni per il Sud, l'altra sera! »

« Scommetto che tra un'ora avrà già cambiato idea. Oltretutto pare che il suo albergo chiuda e dovrebbe trovarsi un'altra sistemazione. Troppo complicato per uno come lui! »

« Perché non gli diciamo di venire qui? », buttò lì mia sorella, come se fosse stata la cosa più naturale del mondo.

« Questa, poi! », sbottò mia madre. « E dove lo metteresti a dormire? »

« Nel divano letto su cui sei seduta adesso », rispose quella sciagurata. « O lo ha già prenotato qualcun altro? »

La mamma stava per controbattere, ma restò con le parole in gola e ne pensò subito un'altra dozzina da scagliare contro di me.

« Matti, ti farebbe piacere se papà venisse da noi per qualche giorno? »

« Da noi nel senso di... a casa nostra? », mi informai per scrupolo.

« Hai sentito tua sorella? »

« No che non mi farebbe piacere, ma proprio per niente! »

Avevo appena respinto l'assalto di Doppia Zeta ed ecco che si profilava all'orizzonte una minaccia ben più spaventosa. Eravamo sotto assedio e Piccipò attaccò a miagolare, credo per solidarietà.

Mi alzai di scatto per correre in camera mia e proteggermi tra i finti peli di Puff.

Ogni volta che la vita non rispondeva come avrei

voluto, avevo paura a farle altre domande. Così lasciai le risposte direttamente al mio migliore amico.

Appena mi ci buttai sopra, Puff cominciò a parlarmi dentro la testa. Disse che l'invasione di mio padre sarebbe stata una sciagura degna del virus. La soluzione più saggia, secondo lui, rimaneva quella di non lasciare entrare in casa nessuno. Ma se proprio fossimo stati costretti a scegliere tra Andrei e Doppia Zeta, allora sarebbe stato meglio prendere in considerazione l'ipotesi di trasferirci in Toscana dalla zia di Giulio Mauro.

Questo per dire come stavamo messi, nella seconda stanza del corridoio, al secondo piano di un piccolo condominio di ringhiera di Milano, in quella notte che cambiò la vita a milioni di noi.

# LA NOSTRA CUCINA

E arriva sempre il momento in cui l'eroe deve prendere congedo dalla compagnia rassicurante delle proprie abitudini per affrontare un mondo mai esplorato prima. Qualcuno o qualcosa lo sta richiamando all'avventura, ma lui è ancora riluttante: affacciato alla soglia dell'ignoto, ha paura. Di morire, e persino di risorgere.

Vorrebbe rimanere dov'è.

Vorrebbe rimanere com'è.

Per cambiare occorrono concentrazione ed energia, ma a questo punto della storia l'eroe non sa ancora di esserlo e preferisce assestarsi sulla linea di minor resistenza, la meno dispendiosa. Finché una voragine sotto i piedi lo obbliga a saltare, rivelando così, agli altri e a sé stesso, gli aspetti del suo carattere che altrimenti resterebbero sconosciuti.

La mattina del dieci marzo in cui tutti si svegliarono con l'inedita consapevolezza di non poter più uscire per strada, anch'io dovetti compiere quel salto, sapendo che sarei atterrato su un luogo infido e potenzialmente fatale: la mia casa, accessoriata di padre indigesto e sconsolatamente priva di vie di fuga.

Per evitare di farmi troppo male, avrei voluto

raccogliere informazioni ulteriori, ma la spessa parete che separava la mia stanza da quella della mamma non facilitava le attività investigative e rese indispensabile togliere dalla custodia il suo regalo di compleanno. L'Orecchione.

Bastò accostarlo alla porta chiusa perché la voce di mia madre facesse irruzione nelle cuffie con una nitidezza che mi spaventò. Era al telefono con Doppia Zeta e non mi ci volle molto per intuire l'oggetto della conversazione.

«Ti ho detto che viene da noi solo per qualche giorno... Ma quale divorzio! I tribunali sono chiusi e non si sa neppure se riapriranno prima dell'estate... Due separati non possono vivere sotto lo stesso tetto? Zeno, hai capito o no che siamo nel mezzo di un'emergenza!... Dice che non se la sente di rimanere lontano dal figlio in un momento simile e, se non si trattasse di Andrei, gli crederei... Ma cosa vuoi che ne sappia io?! Secondo me è la sua compagna che... Sì, pare che Federica abbia minacciato di metterlo in quarantena, se torna. Ormai chiunque arrivi da Milano lo fanno passare per un appestato... Tu resti da tua madre?... Ma ci entri ancora, nel lettuccio della cameretta?... Non sto sfottendo... Certo che mi manchi... Ci vediamo davanti al supermercato... Facciamo alle due, c'è meno coda...»

In sostanza – riflettevo con la logica implacabile dell'infanzia – mio padre aveva deciso di venire da noi non perché volesse stare con me, ma perché la sua compagna non lo voleva con sé. E la mamma, invece di rimanermi accanto nel giorno della mia iniziazione, si accingeva a piantarmi in asso per andare a nascondersi tra gli scaffali del supermercato con un uomo che aveva ricominciato a vivere come un bambino.

Ero appena rientrato nella mia stanza quando sentii tamburellare sulla porta le prime note di una canzone dei Queen, *Another One Bites the Dust.*

La parola d'ordine tra me e mia sorella.

« Posso parlarti? », chiese Rossana, mettendosi a sedere sul bordo del letto.

Sebbene avesse raccolto i capelli stropicciati in un elastico e indossasse un pigiama con una fantasia di nuvole semplicemente inguardabile, era bellissima.

« Tanto avete già deciso tutto senza di me. »

« Se la pensi così, telefono a papà e gli dico di non venire. »

« Con quale telefono, se il tuo non lo hai più? E poi non chiamarlo papà. »

« Smetterò di chiamarlo così quando tu comincerai a farlo. »

« Io non lo chiamerò mai in nessun modo, occhei? »

« Matti, non mi piace quando dici occhei. »

« Tanto lo sanno tutti perché lo vuoi qui a casa. »

« Tutti chi? »

« Io, Puff e Piccipò. Ci prendi per scemi? Abbiamo capito benissimo che ti serve il suo telefono per chiacchierare col tuo ragazzo! »

« Parla piano... la mamma è di là... »

« Non le dirò nulla, stai tranquilla! »

« Lo so, Matti... Io e te, schiena contro schiena... »

Era la nostra frase preferita: quella strega sapeva come toccarmi il cuore.

« Ma non capisci che l'ho fatto anche per te? », continuò. « Se c'è papà nei paraggi, non corriamo più il rischio di ritrovarci Doppia Zeta tra i piedi. »

« Però ci ritroviamo lui. »

« Dai, non essere ottuso, si fermerà al massimo un paio di giorni, il tempo di organizzarsi per... andare da qualche altra parte. Magari tra un po' finisce tutto, no? »

« Neanche la mamma lo sopporta. »

« Non litigano da secoli, vuoi che ricomincino proprio adesso? E poi lui è un eroe. »

« Un eroe, lui? Sta solo scappando da Federica per colpa del virus! Quel vecchio del tuo fidanzato ti ha fatto diventare scema. »

« Damiano non è vecchio. Ha appena compiuto diciotto anni! »

« Appunto. »

« Sì, va bene... Ti garantisco che Federica non sarà affatto contenta di sapere che è qui, ma papà è pronto a litigare anche con lei pur di starci vicino in un momento come questo. Ti rendi conto, Matti? »

E così alla fine mi aveva convinto.

Cioè, non mi aveva convinto per niente, ma avete mai provato a dire di no a mia sorella? Ancora adesso mette su dei bronci da non credere. E io già allora avevo un debole per Rossana, perché quando venivo preso da una delle mie famose botte di tristezza era sempre lei che correva ad abbracciarmi. Prima della pandemia, almeno.

« Ross, mi abbracci? »

« Non posso... Non si può... ma se vuoi ti tocco il gomito. »

« Sai... se dovrei proprio prendere il virus... »

« Se *dovessi*, Mattia... »

« ... vorrei che me lo attaccassi tu. »

Scoppiò a ridere e mi abbracciò, girando la testa dall'altra parte.

« Va bene, lascialo pure entrare », le concessi.

« Il virus o papà? »

« Non più di due giorni, eh... »

« Matti, sono così contenta che tu ci sia arrivato da solo! Verresti di là a salutarlo? È arrivato cinque minuti fa... »

Lo trovai in piedi, al centro della cucina, con l'aria arruffata e una valigia a cui mancava una rotella. « La radiografia della sua testa », avrebbe detto mia madre, che gli stava facendo gli occhiacci perché aveva appena tentato di appoggiare uno zainetto lercio sul tavolo del tinello dove di solito mangiavamo.

« Ciao, campione », disse con un sorriso che faceva pena per quanto era stiracchiato. « Come mai hai addosso la maschera di Spider-Man? »

Non gli risposi. Altrimenti avrei dovuto dirgli che me l'ero infilata per non farmi vedere da lui.

« Guarda che in casa puoi stare anche senza protezione », scherzò Ross, che tanto per cambiare era la più rilassata di tutti.

« Che bella maschera », insistette Andrei, che sembrava terrorizzato dal silenzio. « Chi te l'ha regalata? »

« Tu », gli dissi.

Chiunque altro sarebbe andato a nascondersi nel frigorifero per la vergogna. Lui invece trovò persino il modo di fare una battuta che per fortuna non ricordo più.

T'ansia prese subito il comando delle operazioni

e si mise a scrivere sulla lavagnetta della cucina quelle che definì le Regole di Convivenza. L'aria cortese che aveva sfoderato con mio padre due giorni prima davanti al gabbiotto del custode era sparita. Adesso esibiva lo stesso tono scocciato di quando rimetteva a posto i miei giocattoli rinfacciandomi di non averlo fatto io.

Andrei ottenne il permesso di usare il bagno che dividevo con Rossana, a condizione di lasciarlo sempre come lo aveva trovato, senza accumularvi nulla di suo, neanche lo spazzolino da denti. Ai vestiti era espressamente vietato uscire dalla cucina, dove mia madre avrebbe svuotato una credenza apposta per loro, mentre il resto delle sue cose non avrebbe potuto abbandonare la valigia, che a sua volta era pregata di rimanersene accucciata sotto il tavolo senza fiatare.

Il tinello sarebbe diventato il suo ufficio, anche perché era l'unica stanza in cui prendeva il WiFi, a parte la camera di Ross, che non mancava mai di far pesare quel privilegio. Di conseguenza non avremmo più mangiato tutti insieme intorno allo stesso tavolo, ma davanti al televisore del salotto, ciascuno per conto suo.

Sul momento fu l'unica novità a non dispiacermi troppo. Mi annoiava restare seduto più del tempo necessario a smontare la cupola di pastasciutta scotta che mia madre mi scodellava ogni volta, come se avessi avuto lo stomaco di un pitone. Solo in seguito avrei compreso quale significato rivestisse per lei quel cambiamento di abitudini. I pranzi e le cene in comune erano un rito che ci definiva come famiglia, e la mamma intendeva difenderlo dall'Intruso.

Ultima Regola di Convivenza: ad Andrei sarebbe stato consentito trasferirsi in soggiorno unicamente di notte, per allungarsi sul divano letto a patto che lo richiudesse la mattina dopo, appena sveglio o ancora mentre dormiva, a sua scelta, purché non oltre le sette e mezzo.

« Ma il soggiorno è la mia stanza preferita! », obiettò Spider-Man.

« Non essere egoista, Matti. Nel tinello il divano letto non ci entra », intervenne Ross. « Mamma », aggiunse dopo una breve pausa di riflessione, « c'è solo una cosa che non capisco: se papà lavora in cucina, tu dove userai il computer? »

« In camera tua, tesoro. »

« Ma non è giusto! »

« Ben ti sta! », la redarguì Spider-Man, assaporando la rivincita.

« Togliti quella maschera, Mattia, mi fai venire il nervoso! », sbraitò mia sorella, e chissà come sarebbe andato a finire quel nostro primo esperimento di convivenza forzata se sulla porta non fosse apparsa la mia guardia del corpo.

Piccipò.

Si diresse verso mio padre e inarcò la schiena, soffiando. Colto alla sprovvista, l'Intruso arretrò di un passo, urtò con la caviglia lo spigolo della lavastoviglie e starnutì.

Alle Regole di Convivenza fu immediatamente aggiunta una postilla. Piccipò sarebbe rimasto chiuso in camera mia fino a nuovo ordine, cioè fino a quando Andrei non avesse imparato a soffiarsi il naso senza innaffiare le mattonelle circostanti. Era allergico ai gatti almeno quanto io lo ero a lui.

Piccipò condivideva il mio stato d'animo e si tormentava il collo di graffi, tanto che mia madre dovette avviluppargielo in un cono di plastica. Secondo Rossana, l'intellettuale di famiglia, quella gorgiera lo faceva assomigliare a un personaggio di Shakespeare.

Trascorsi l'intera giornata ad accarezzarlo sul letto. Non osavo avventurarmi nelle altre stanze per paura di incrociare mio padre. All'improvviso, casa mia era diventata un'estranea. Soltanto una volta mi inoltrai nella sua zona di competenza e lo intravidi attraverso la porta aperta della cucina. Camminava avanti e indietro, il telefono di Harry Potter incollato all'orecchio. Sollevò la mano per accennare un saluto, ma nel farlo la mandò a sbattere contro il pensile sopra il lavello.

T'ansia scomparve intorno alle due per ritornare diverse ore più tardi con la faccia scura e il bagagliaio della station wagon pieno di sacchetti biodegradabili. Ogni volta andava a fare la spesa come se fosse l'ultima. Era convinta che il cibo stesse per finire e che saremmo tutti morti di fame entro Pasqua.

Rossana rimase barricata per l'intero pomeriggio in compagnia del suo computer. Quando le aveva sequestrato il telefono, la mamma non si era resa conto che a mia sorella sarebbe bastato un qualsiasi altro schermo per comunicare con il mondo. O forse glielo aveva sequestrato proprio perché sapeva di non procurarle un danno troppo serio, ma ero ancora troppo acerbo per cogliere certe sfumature dell'animo di una madre.

Quanto a mio padre, all'ora della merenda mi tese un agguato davanti al bagno per dirmi che aveva trovato una confezione di panna nel frigorifero. Gli chiusi la porta sui denti.

Avevo bisogno di alleati. Avevo bisogno di nonna Gemma.

A quell'epoca, i bambini non venivano al mondo con un numero di telefono predestinato. A nove anni ero ancora privo di uno strumento che mi permettesse di parlare con chi mi garbava, se non attraverso la mediazione di un adulto. La mia è stata l'ultima generazione che ha trascorso l'infanzia senza poter contare su un minimo di riservatezza tra le pareti domestiche.

Fino a quel giorno non mi ero mai posto il problema, ma adesso dovevo fare i conti con la prima conseguenza della clausura, che in televisione avevano cominciato a chiamare con un'espressione straniera dal suono inesorabile: *lockdown*. E la conseguenza era che qualcuno, senza chiedermi nemmeno un parere, mi aveva proibito di parlare con la nonna salendo semplicemente una rampa di scale.

Di lei mi rassicuravano l'aspetto imponente e al tempo stesso ospitale, da balenottera allegra, e la sua precisione chirurgica nell'uso delle parole. Il vocabolario ben assortito le consentiva di dare un nome anche alle sfumature.

Ultimamente era diventata un po' sorda, così quando sentii mia madre gridare al telefono, mi avvicinai alla sua stanza in punta di piedi e con la gioia nel cuore.

« Mamma, vedersi è troppo pericoloso », stava urlando T'ansia. « Per essere sicuri che nessuno di noi sia contagioso dobbiamo far passare almeno due settimane da quando ci hanno chiusi dentro. Vuoi che vada a farti la spesa?... Ah, ci pensa Carlo... Però non farlo entrare, eh... Come dici?... Sì, Andrea è arrivato. »

Mia madre abbassò il tono della voce, ma evidentemente nonna Gemma non riusciva a sentirla e dovette alzarlo di nuovo.

« Lo conosci, può stare lontano dalla fidanzata e dal lavoro, ma di certo non dalla sua collezione di fumetti, perciò non capisco come mai... Dice di essere rimasto qui per Mattia, ma tu gli credi?... No, infatti, ci sarà sotto qualche mistero dei suoi... Ho perso il conto delle bugie che mi ha raccontato. Ti ricordi quando?... Eh, appunto!... »

Si accorse della mia presenza e cambiò argomento con la stessa disinvoltura con cui si alzava dal materassino per passare dalle flessioni in posizione supina a quelle in piedi. Appena me ne diede la possibilità, le strappai il telefono dalle mani e mi chiusi in camera mia con la voce della nonna.

Conservo un ricordo piuttosto liquido di quel colloquio, ma di sicuro non mancai di usare qualche frase caramellosa. Con nonna Gemma abbassavo sempre le mie difese e uscivo dal guscio, perché tanto il mio guscio era lei.

Le dissi che mi mancava, che avrei voluto abbracciarla con gli occhi e che mio padre era un orco da cui dovevo proteggermi. Lei mi rispose che non era il caso di avere paura. Lo diceva di continuo: il contrario dell'amore non è l'odio, ma la paura. E mi esortò a cercare un approdo in mia madre: « Restale vicino come un cavaliere e fidati di lei come di una fata ».

La nonna parlava così e, anche quando non capivo bene i suoi discorsi, sentivo che qualcosa dentro di me li aveva capiti al mio posto.

Avrei voluto seguire il suo consiglio, ma T'ansia sembrava troppo preoccupata da tutto il resto per occuparsi di me.

A cena, mentre spiluccavo in solitudine un piatto di penne lisce al burro rivedendo il primo film di Harry Potter sul televisore del soggiorno, mi sentii esattamente come lui: un mago incompreso e circondato da babbani.

Fortuna che la mia stanza era un po' più comoda del suo sottoscala, e mi andai a buttare sopra le coperte, lasciando a Piccipò il compito di scaldarmi.

Era un gattino nevrotico, reso bisbetico dalle circostanze e dotato di una certa considerazione di sé. Mi incantava vederlo saltare sul letto con un balzo impeccabile... be', quasi impeccabile: talvolta prendeva male le misure e precipitava al suolo, ma guai a riderne, non lo sopportava, ed era capace di sparire per ore sotto l'armadio.

Quella sera non sbagliò nulla. Dopo essere atterrato sul letto, si mosse verso di me con passi leggeri, andandosi a parcheggiare nell'incavo della mia pancia. Mi crogiolavo nel suo abbraccio, col timore che presto mi avrebbero proibito anche quello, e intanto aspettavo che la mamma mi raggiungesse per officiare con me il rito della buonanotte.

Da quando il virus era tra noi, T'ansia aveva preso l'abitudine di infilarmi in bocca cinque goccioline di un ricostituente omeopatico. Per farmele piacere, mi ero convinto che le estraesse dall'Albero del Coraggio, una piantina fragile e sottovalutata come il millesimo piede di un millepiedi che si ergeva al centro del cortile condominiale.

Dopo avermi rimpinzato di coraggio, si sedeva sul bordo del letto per lasciarsi raccontare una favola. A mia madre mancava quel tipo di fantasia, così avevamo invertito i ruoli. Lei ascoltava e io parlavo, finché non mi addormentavo: una sorta di autoipnosi.

Il mio capolavoro più recente si intitolava *Biscotti stellari* ed era ispirato alla saga di *Star Wars* che Rossana aveva piratato sul suo computer durante le feste di Natale. Narrava le avventure di Biscottaccio, un biscotto di pasta frolla scivolato per errore dentro il pacchetto dei wafer alla nocciola.

Fin dal secondo episodio, Biscottaccio riusciva a scappare dai wafer e se ne andava a zonzo per la Via Caffelattea in cerca di un *Perché*. A chiunque incontrasse, crostatina o cereale che fosse, faceva sempre la stessa domanda: qual è il tuo *Perché*? Tutti veniamo al mondo con un *Perché*, pensava. Altrimenti perché ci verremmo?

Appena mia madre aprì la porta della camera, mi accorsi che l'ombra di un orso si stagliava alle sue spalle, ed era un orso terribilmente allergico ai gatti: a stento trattenne uno starnuto.

« Al primo che fai, ti butto fuori dalla finestra! », lo minacciò T'ansia. Poi si avvicinò al letto per annunciare che mio padre era venuto ad augurarmi la buonanotte.

Per un attimo fui tentato di risponderle, ma tenni duro. Tenni soprattutto gli occhi socchiusi, simulando i sospiri profondi di un addormentato. Intanto Piccipò tentava di strapparsi il cono di Shakespeare con le zampe.

« Matti, dormi o fai finta? », indagò mia madre.

Per deviare i suoi sospetti, sigillai gli occhi definitivamente, abbozzando con la bocca persino qualche movimento da pesce, come quelli che avevo visto fare a lei quando si addormentava davanti al televisore.

T'ansia abboccò, o almeno fece finta. Lasciò cadere dall'ampolla le cinque gocce di coraggio tra le mie labbra spalancate, mi mise sotto le coperte e si allontanò in punta di piedi, intimando ad Andrei di fare altrettanto. Lo sentii strascicare le pantofole sul tappeto. Ci fu un colpo secco, seguito da un gemito. Muovendosi al buio, doveva aver sbattuto contro qualcosa.

« Tutta la casa si ribella contro di te! », commentò mia madre, trattenendo una risata.

Beata lei che trovava divertente la situazione. Non solo aveva portato mio padre in camera mia, dopo avere strillato che non gli avrebbe permesso di mettere il becco fuori dalla cucina, ma aveva violato l'intimità del nostro rito della buonanotte per costringermi a condividerlo con un estraneo che entrambi conoscevamo fin troppo bene.

All'improvviso la vita mi stava squadernando una sfilza di ingiustizie sulle quali sembravo non avere alcun controllo.

Saltai giù dal letto e mi avvicinai a Puff. Avrei voluto chiedergli perché il mondo aveva smesso di girare per il verso giusto. E glielo chiesi, in effetti, però lui rimase in silenzio.

Per un attimo temetti che anche Puff si fosse girato nel verso sbagliato, invece mi ero semplicemente dimenticato di buttarmici sopra. Appena si ritrovò a contatto col mio sedere, il mio migliore amico parlò. Non aveva il dono della sintesi e le nostre erano riunioni segretissime, per cui mi limiterò a riassumere i passaggi culminanti del suo discorso.

A volte – disse Puff – la vita assomiglia a una salita che va a sbattere contro un muro, ma per fortuna la realtà è sempre un po' meno brutta di quanto la disegni la nostra immaginazione sotto l'effetto della paura.

Se il mondo di fuori non ci voleva più bene – concluse – ce ne saremmo inventati uno di dentro, soltanto nostro. Non avevamo bisogno di nessuno, noi.

Forse di Piccipò e della nonna, ma solo un po'.

Gli misi le braccia al collo e, mentre mi chiedevo se i puff avessero un collo, mi addormentai.

# I BALCONI

Un eroe ha sempre bisogno di una meta. Si mette in viaggio alla ricerca di qualcosa che gli manca o che gli è stato tolto. Non vuole diventare perfetto. Ambisce a ritornare completo.

Nel mio caso, questo qualcosa era l'amore di mio padre. Sentirmi riconosciuto da lui come figlio mi avrebbe finalmente permesso di considerarmi al posto giusto ovunque fossi, eliminando quell'impressione di trovarmi su un cavallo a dondolo lanciato al galoppo in un altrove provvisorio e tempestoso. Ma le ferite profonde della personalità sono talmente subdole che amano nascondersi dietro altre esigenze, solo in apparenza più impellenti.

Al risveglio, avvertii l'impulso irresistibile di abbracciare mia madre.

Di solito era lei a venirmi a staccare dalle lenzuola, combattendo una guerra di preghiere e minacce, mentre la mia unica richiesta era che le lezioni iniziassero a mezzogiorno, come i programmi televisivi abitati dai cuochi. Adesso, però, i giorni si erano trasformati di colpo in una domenica spalmabile, lasciandomi a corto di riferimenti.

Corsi verso la cucina, sperando di trovarla seduta accanto a Rossana, intenta come sempre a rinfacciarle che avrebbe fatto tardi a scuola.

Invece la scuola non c'era più e Rossana dormiva ancora. Non c'era neanche mia madre. Sul suo sgabello troneggiava l'Intruso.

Andrei indossava una maglietta sbiadita e aveva spalle larghe e ricurve, un cerotto sul naso (forse un ricordo dell'incursione notturna in camera mia) e i capelli più arruffati di una bugia.

« Un po' di spremuta, campione? », mi salutò, senza distogliere lo sguardo dal computer.

Nel mondo di prima, mi era capitato di vomitare tre volte.

La prima di notte, a ripetizione, per colpa di un virus molto meno contagioso di quello che ci aveva appena invasi.

La seconda di pomeriggio, in montagna, quando avevo preso freddo alla pancia e decorato di scuro il fazzoletto di neve tra i miei scarponi.

La terza una mattina, in macchina, dopo che nel mio stomaco una spremuta di arancia si era scontrata con un bicchiere di latte tiepido.

Tre tragedie intime, a nessuna delle quali mio padre era stato presente.

« La spremuta mi fa vomitare », gli comunicai con voce glaciale. Volsi intorno lo sguardo in cerca di rinforzi e li trovai.

Già vestita di tutto punto, con i capelli in piega

come per un matrimonio, mia madre sorseggiava il suo caffè davanti al televisore del salotto.

« Posso avere i miei biscotti? », le chiesi.

« Buongiorno, eh? Al supermercato li avevano finiti. Ti ho preso le crostatine. »

« E i cereali al cioccolato? »

« Finiti anche quelli. »

Immaginai il virus come un mostro che aveva i miei stessi gusti e si nutriva di cereali al cioccolato e biscotti di pasta frolla, sbriciolandoli dappertutto.

Mia madre spense il televisore per non farmi ascoltare il ronzio angoscioso delle notizie e venne a scaldarmi il bricco del latte, resistendo all'impulso di tenersi lontana dalla cucina.

Solo allora mi accorsi che sui fornelli aveva appoggiato la moka gialla grande, di cui da tempo si erano perse le tracce. Di regola ne usava una per gnomi, piccola e argentata, essendo l'unica in casa a bere il caffè. Il ritorno di mio padre – che ne aveva appena tracannato un tazzone, accavallando le gambe come il cattivo de *Il buono, il brutto, il cattivo* – l'aveva costretta a riesumare la versione gigante.

Dopo la colazione, la mamma mi propose di indossare la mascherina per andarci a sgranchire i muscoli tra i vialetti del parco. Non avevo nessuna voglia di uscire, ma le risposi di sì perché ne avevo tantissima di stare con lei.

« Se vuoi vi accompagno, campione », azzardò

Andrei. Sgattaiolai dietro a mia madre, senza nemmeno rispondergli.

La nostra era una casa di ringhiera con un cortile in mezzo, famoso perché lì avevo segnato due gol a Giulio Mauro con indosso la maglietta di Lukaku, nonostante un cartello pieno di maiuscole strillasse che era severamente vietato giocare.

Quella mattina il cortile era deserto. In compenso, dalle ringhiere spuntavano bandiere e striscioni tricolori, come se i vicini avessero deciso di organizzare una festa senza avvertirci.

« Non vieni? »

Mia madre si era fermata davanti al portone.

« Non ho più voglia di uscire », sbottai.

« Ma se prima hai detto... »

« Mamma, ti ricordi quando mi hai insegnato a nuotare? »

« E chi se lo dimentica. Non volevi saperne di andare dove non si toccava. »

« Me lo racconti? »

« Matti, andiamo al parco. »

« Ti prego. »

« Io non so raccontare! »

« Mamma... »

« Ti dissi di fare tre bracciate e poi di mettere i piedi sul fondo, assicurandoti che avresti toccato. Il giorno dopo, sempre con la stessa promessa, ti convinsi a farne altre tre. E così il giorno dopo. Finché, fatte le tre bracciate, non hai toccato più... »

« E sono andato giù. »

« Come un sassolino. »

« Avrò bevuto almeno un bottiglione di mare! »

« Però poi sei tornato a galla e mi hai abbracciato forte, dicendo: mamma, ti odio, ho imparato a nuotare! »

« E poi? »

« E poi niente. Dai, usciamo. »

Fissavo il portone, ma sentivo le piante dei piedi incollate all'asfalto.

« Non mi va. »

« Che significa *non mi va*? Siamo venuti fin qui! »

Incrociai le braccia e, guardando in terra, tirai un calcio a un sassolino.

Soltanto oggi riesco a vederlo nitidamente, e a comprenderlo, quel bambino bloccato a pochi passi da un portone che gli incuteva timore quasi più del mare. Avrei voluto chiederle: « M'insegni a farlo, mamma? A nuotare dove non c'è l'acqua? »

La verità è che avevo paura di uscire di casa come di restarvi confinato dentro. Avrei soltanto desiderato buttarmi tra le sue braccia e chiederle di stringermi forte, a dispetto di qualsiasi virus, ma non ne ero capace.

« Lo sai che non ti sopporto quando fai i capricci », sbuffò, ed era così amareggiata che risalì in casa.

Recuperai un pallone nel capanno degli attrezzi di Carlo e mi misi a giocare da solo in mezzo al cortile. Palleggiavo piuttosto bene con il sinistro, mentre con il destro ero una schiappa colossale.

« Ehi, tu! »

Alzai la testa e la vidi, le mani ossute aggrappate alla ringhiera.

La strega dell'ultimo piano.

Qualcuno le aveva disegnato un porro enorme sulla cima del naso e la notte, ne ero sicuro, volava a cavalcioni della scopa con cui di giorno sbatteva i tappeti. Non ricordo più il suo nome, ma tutti la chiamavano Sveglia perché comandava un esercito di cani che ogni mattina abbaiava in coro alle sette meno un quarto, tirando giù dal letto il condominio intero.

Sveglia detestava i bambini, in particolare uno. Una volta si era spenzolata dalla ringhiera con una tinozza d'acqua fetida e me l'aveva rovesciata in testa, riducendo la maglietta di Lukaku a uno straccio bagnato.

Quel giorno, invece, si limitò a gridare. « Non sai leggere i cartelli? In cortile non si può giocare! »

Per la rabbia tirai una pallonata addosso al cielo e presi in pieno un altro cartello, quello con la scritta « Affittasi » attaccato alla porta dell'appartamento del primo piano che non affittava mai nessuno.

Sullo stesso pianerottolo ce n'era un secondo con le persiane sempre chiuse, da cui la sera prima avevo sentito uscire la musica straziante di un violino. Gli volsi le spalle per andare a rifugiarmi in portineria, ma appena giunsi davanti al gabbiotto di Carlo, lui mi fece segno di non entrare. Aveva la fronte corrugata e stava parlando al telefono.

« Mi faccia capire bene: se vedo tre persone uscire insieme dall'ascensore, devo avvertire la polizia? »

Suonai il campanello di casa e venne ad aprirmi mio padre. Non lo salutai. Evitarlo stava diventando lo scopo principale della mia vita, ma non era così facile riuscirci in un appartamento che non aveva le dimensioni di una portaerei. Ogni volta che lasciavo la mia stanza, sapevo di avventurarmi in territori irti di trappole.

Avevo la sensazione che mi pedinasse. All'ora di pranzo entrò in bagno mentre mi lavavo le mani e fece finta di lavarsele anche lui. Le sbatteva una contro l'altra come nacchere, in un ondeggiare di spruzzi insaponati.

T'ansia mi aveva impartito una lezione di pulizia in sette punti e io avevo già imparato i primi tre: palmo contro palmo, palmo contro dorso, palmo contro palmo intrecciando le dita. Andrei ignorava persino le salviette monouso e si asciugò le mani sulla tendina della doccia.

Rossana si degnò di uscire dalla sua camera soltanto quando la mamma bussò per annunciarle che era pronta la pasta. La trovai spettinata e scostante. Svegliarsi così tardi non le faceva bene, e ancora meno gliene faceva nostra madre, che aveva cominciato a invadere i suoi spazi per utilizzare il computer.

Non erano mai andate troppo d'accordo. Ross aveva un carattere rotondo, mentre T'ansia era piena di spigoli. Fin da piccola mia sorella aveva snobbato l'esercizio fisico e la mamma, che era stata un'atleta quasi famosa, aveva interpretato quell'atteggiamento come un affronto. A sua volta, Rossana sembrava imputarle il fallimento del matrimonio con Andrei: come se avesse voluto toglierle un altro padre, dopo quel primo che non era mai esistito.

Avevano disseminato il loro rapporto di non detti, ma le incomprensioni sono ferite lievi che, se trascurate, mandano un affetto in cancrena. Si alimentano di pregiudizi, timidezze, superficialità e distrazione.

Una delle massime esistenziali che preferisco recita: « Soltanto le cose su cui ti concentri crescono ». Però la vita ci costringe a stabilire di continuo delle priorità e così uno finisce per lasciare indietro le situazioni che gli sembrano più scomode e meno urgenti, adagiandole in un'atmosfera opaca, al riparo dalla luce della consapevolezza.

Il virus era venuto a scompigliare la stabilità solo apparente di certi dissesti affettivi. Perché le epidemie sono come le guerre: passano sopra i legami con un evidenziatore e non consentono più di guardare altrove.

Mentre mia madre scolava le sue penne lisce alla colla – aveva il vizio di cuocerle un paio di secoli oltre il necessario – Rossana la investì con un'ondata di malumore per il telefono sequestrato.

« Lo rivoglio! Mi hai chiuso in carcere, ridammi almeno i miei amici! »

« Sei ancora in punizione, Ross. Sai che sul rendimento scolastico non transigo. »

Quando si trattava di scuola, la mamma parlava come una professoressa dei Vecchi Modi (così avevo ribattezzato il periodo storico compreso tra la nascita del mondo e la mia).

« Prendi un voto decente in matematica e lo riavrai », concluse.

« Ma come faccio a prenderlo, se la scuola è chiusa? Chiu-sa! E chissà quando riaprirà... »

Rossana afferrò il piatto di pasta con una smorfia di disgusto che la fece sembrare ancora più bella e scomparve di nuovo in camera sua.

Stavo osservando la mia montagna di penne con aria di sfida quando Andrei mi arrivò alle spalle brandendo un sorriso e una grattugia. « Formaggio? »

« No, grazie, fa già schifo così. »

« La mamma non è mai stata una grande cuoca », mi disse all'orecchio. « Stasera ti preparo io un sugo che è uno spettacolo: pisellini, prosciutto e panna tiepida! »

Quell'uomo era persino più appiccicoso delle penne. Per sfuggire a loro, e a lui, me ne andai in esilio sul balcone. Ero alla ricerca di occhi accoglienti dentro cui specchiare il mio disagio e intercettai quelli di Vanni Mauro.

Come si può facilmente intuire, era imparentato con Giulio Mauro. Diciamo pure che era suo padre, mentre io avrei preferito che fosse il mio.

Mi piaceva tutto di lui: la faccia a forma di triangolo e le pupille perennemente sbarrate come fanali nella notte. Lo vedevo onesto, diretto, coraggioso, leale. Una montagna nelle cui grotte era prudente rifugiarsi quando fuori imperversavano i lupi.

La montagna stava fumando impavida una sigaretta, i gomiti appoggiati alla ringhiera, senza preoccuparsi della cenere che andava depositandosi sulla bandiera arcobaleno con la scritta « Andrà tutto bene ».

Lui era capufficio in qualche ufficio, mentre la moglie godeva fama di formidabile infermiera: a forza di sentire ripetere che era caposala, mi ero convinto che quello fosse il suo nome.

I Mauro erano i nostri dirimpettai. Quante volte il loro orrido figlio unico si era materializzato su quello stesso balcone per farmi un gestaccio, pronto a trasformarlo in un « ciao » appena vedeva la sagoma di qualcun altro apparirmi accanto.

« Ti manca il tuo amico Giulio, vero? » mi chiese la mamma dopo avermi raggiunto. Non ha mai capito molto delle mie relazioni sociali.

Appena Vanni Mauro si accorse della sua presenza, abbozzò un cenno con la mano. Lei ricambiò il saluto e gli chiese come stava, ma anziché una risposta secca ottenne un comizio.

« Cara Tania, siamo tutti sulla stessa barca », e nel dirlo sembrava volersene attribuire il merito. « Correvamo troppo dietro alle cose inutili, ma adesso abbiamo finalmente tempo per pensare a quelle che contano... Ai valori, ti è chiaro? La solidarietà, la sobrietà, la sincerità... In tanti anni io non ho mai raccontato una bugia a mia moglie, però da qualche giorno ho cominciato a fare molto di più: gesti di gentilezza a casaccio, atti di bontà completamente privi di senso... Ti è chiaro? »

Mia madre non solo lo trovava chiarissimo, ma andava in sollucchero per quei discorsi così ispirati, e ne aggiunse degli altri in rappresentanza delle sue paure, sottolineando come in città i furti e lo smog fossero crollati.

« Questo virus è meglio di un governo di magistrati presieduto da quella ragazzina svedese ossessionata dalla fine del mondo! », provò a punzecchiarla Andrei dalla cucina, senza ottenere la soddisfazione di una replica.

« E così Vanni e la moglie stanno sempre insieme? », le chiese quando rientrammo in casa. Né lui né il piatto di penne si erano mossi di un millimetro, purtroppo.

« I divorzi vanno di moda, eppure c'è ancora chi riesce a tenere in piedi un progetto per tutta la vita », gli rispose mia madre con la voce da sorbetto al limone. Ai suoi occhi i genitori di Giulio Mauro incarnavano la coppia delle favole che lei non era riuscita a realizzare.

« La moglie fa l'infermiera, vero? », chiese mio padre.

« Caposala », specificai io.

« Mangia, altrimenti si fredda », intervenne T'ansia, e nella speranza di rendermi le penne più commestibili mi allungò come condimento un telefono in cui aveva scaricato alcuni videogiochi.

Di solito i telefoni a pranzo erano vietati, ma da quando era arrivato il virus, portandosi appresso mio padre, certe regole sembravano essersi allentate. Per non perdermi una parola dei loro discorsi, accesi il registratore che mi aveva regalato la nonna: ormai viveva stabilmente nella tasca posteriore dei miei pantaloni, dove immaginavo lo avrebbe tenuto un agente segreto.

Mentre nel videogioco sorpassavo macchine cattivissime lungo le strade di una città deserta che cominciava ad assomigliare terribilmente alla nostra, la mia protesi digitale svolgeva il suo prezioso lavoro. Era solo riascoltandole che le conversazioni dei grandi diventavano comprensibili.

« Vanni ha spostato l'ufficio in salotto per potersi occupare della casa e della moglie », disse mia madre. « Conoscendolo, mi sarei stupita del contrario. » E poi, dopo una pausa significativa: « Mette la famiglia davanti a tutto, lui ».

« Io l'ho sempre trovato un po' troppo... »

« ... adulto? »

« Uno di quegli uomini convinti che la serietà consista nel prendersi molto sul serio. E gli altri ci cascano, scambiando la loro pesantezza per profondità. Sua moglie, però, deve essere una donna intelligente. Non per niente preferisce starsene tutto il giorno all'ospedale anziché a casa con lui. »

« Ti sembrerà strano, Andrea, ma c'è gente che va a lavorare perché sente di avere una missione da compiere. »

« Non passa troppe ore in missione? »

« Alcuni degli infermieri che avrebbero dovuto darle il cambio si sono messi in malattia. Codardi! »

« Ma che cosa ne sai di come si sarebbero comportati, se si fossero trovati di turno loro quand'è scoppiata l'emergenza? La vita a volte si decide in un attimo e il confine tra eroe e disertore è talmente sottile... »

« Tu quel confine lo conosci molto bene », rispose lei, e si allontanò senza dargli il tempo di una replica.

Andrei continuava a fissare Vanni Mauro sul balcone.

« Le cose non sono sempre come sembrano », sussurrò.

Immagino volesse suggerirmi che non bisognava fidarsi delle apparenze, eppure lui era la prova vivente che a volte le apparenze avevano il brutto vizio di coincidere con la realtà.

Alle sei della sera mia madre accese il televisore per ascoltare quello che Andrei avrebbe ribattezzato « Il bollettino dei sommersi e dei salvati ». Ho il ricordo vago di un signore con il maglione blu che legge una sfilza di numeri, mentre dietro di lui vengono proiettati dei quadri pieni di curve.

T'ansia non faceva che ripetere: « Oddio », tormentandosi il polso di una mano con le dita dell'altra.

« Qualcosa non mi torna », bofonchiò mio padre. « Stanno ingigantendo l'allarme per metterci paura! »

Mia madre gli intimò di tacere, chiamandolo Impaziente Zero. Era la prima volta che la sentivo fare una battuta.

Uscii sul balcone in cerca di aiuto.

« Nonna, sei lì? »

« Sì, piccinino! Sono fuori a godermi il tramonto », rispose lei, con quella sua vocina che rimbombava in tutto il condominio.

Allungai il collo come un serpente, ma il tentativo di vederla si rivelò inutile. Nonna Gemma abitava proprio in cima alla mia testa.

« Mattia, mi raccomando, non farmi arrabbiare

la mamma. Dice che non mangi abbastanza. E la pupù, è vero che ne fai sempre poca?»

Mi guardai intorno, pregando che non l'avesse sentita nessuno. Invece, erano tutti là fuori. Non avevo mai visto così tante persone chiacchierare da un balcone all'altro. Nel mondo di prima, a malapena si salutavano in ascensore.

Il più agitato sembrava il geometra Gotti, l'inquilino dell'ultimo piano con la pancia a pieghe come una fisarmonica. Abitava davanti al televisore e, le rare volte che lo incrociavamo, si vantava con mia madre di non avere mai fatto un minuto di ginnastica in tutta la sua vita.

Quella sera, la sua vestaglia aderiva allo stomaco come il tessuto di un pallone aerostatico. Aveva appoggiato alcuni rivoli di grasso sulla ringhiera, e dal suo salotto uscivano le note di una canzone dei Vecchi Modi che non conoscevo. Al momento del ritornello, si mise a strillare come un ossesso.

«*All'alba vincerò... vinceròòò... vinceròòòòòò...*»

La melodia mi sembrò gradevole, ma lui era talmente stonato che dovetti ficcarmi gli indici dentro le orecchie, e poi anche i pollici.

Dal loggione dei condomini si sollevò un applauso che crebbe di intensità con il passare dei secondi. Applaudivano tutti, tranne Sveglia, la strega dell'ultimo piano, che però rimaneva di vedetta, scortata da un paio di cani. A battere le mani c'era anche Caposala, appena rientrata dall'ospedale. Aveva una tendina di capelli castani sulla fronte e un sorriso che le bucava le guance. Ero segretamente innamorato di lei.

Sentii un profumo di miele dietro di me. Era mia madre con le lacrime agli occhi. Ross e Andrei si limitavano a deglutire. Lui provò anche a spettinarmi i capelli con una carezza che gli venne particolarmente male.

La mia unica consolazione era che il suo tempo fosse sul punto di scadere. Un paio di giorni, aveva garantito mia sorella, e Andrei sarebbe diventato un participio passato.

Ormai c'eravamo. Il geometra Gotti non sarà stato un fenomeno come cantante, ma aveva detto la cosa giusta.

All'alba avrei vinto, finalmente.

Sono a letto con gli occhi spalancati sul buio, Piccipò giace svenuto ai miei piedi, e io ascolto il silenzio.

È la prima volta che mi succede. Non di svegliarmi quando tutti dormono, quello mi capita spesso, ma le altre volte c'era sempre stato qualche rumore, là fuori, a tenermi compagnia.

Il rombo di un motorino. Il cigolio di una serranda. L'antifurto di un'auto o di una casa. La città non stava mai zitta.

Adesso, invece.

Cerco sul comodino le cuffie dell'Orecchione e me le metto in testa, confidando che intercettino qualche segnale di vita, ma niente. Anzi, peggio.

Il silenzio.

Lo sento battere dentro di me, però non come un martello. Assomiglia a un tramestio di passi che all'improvviso viene spazzato da un grido.

La sirena di un'ambulanza.

La nonna mi ha insegnato a dire una preghiera ogni volta che ne passa una, ma mi trovo momentaneamente a corto di parole: la tensione le ha prosciugate tutte.

Mi sforzo di immaginare che cosa stia succedendo oltre la finestra chiusa. Nella mia testa di bambino, il virus ha perso le sembianze del mangiatore di biscotti per assumere quelle dell'Uomo Sabbia, il nemico di Spider-Man che si espande o si restringe a seconda di ciò che incontra sul suo cammino. E quando spalanca le fauci per inghiottire il mondo emette quel suono lì.

La sirena di un'ambulanza.

Ne passa un'altra. E un'altra ancora. Mi tolgo le cuffie e salto giù dal letto. Indosso la maschera di Spider-Man e il casco da pompiere che mi ha regalato Ross, casomai cadessero lapilli infuocati. Poi spalanco la porta-finestra e corro sul balcone. Ho bisogno di assicurarmi che da qualche parte esista ancora la luce.

Inciampo nel binocolo e lo punto verso l'alto, ma non riesco a vedere le stelle. Che il virus si sia ingoiato anche quelle? Continuo a inquadrare il cornicione del palazzo e devo arrendermi alla realtà. Solo dal balcone della nonna si può guardare il cielo.

Mi scappa la pipì. Raggiungo il bagno con passi da ladro, faccio ciò che devo e mi avvio verso l'uscita quando mi accorgo che lo spazzolino da denti dell'Intruso svetta nel bicchiere accanto al mio.

Lo impugno come un'ingiustizia e corro verso la cucina per andare a sventolargli in faccia la violazione di una delle prime Regole di Convivenza, ma lo sento parlare al telefono e allora mi fermo dietro la porta socchiusa.

« Federica, non ti preoccupare... Non ti arrabbiare... Non ci pensare... Non... »

La sua fidanzata occupa tutti gli spazi della conversazione, ma a un certo punto anche lei deve prendere fiato e Andrei ne approfitta per piazzare un pensiero più lungo di uno starnuto.

« Non è una gara tra te e mio figlio, lo capisci? La ragione per cui non torno a Roma è un'altra... Non posso parlartene... Non ora... Credimi, amore, sarai la prima a saperlo quando tutto sarà risolto. Per adesso è meglio che io non mi muova da qui. »

# IL GARAGE

Prima che io nascessi, il mondo era già impazzito per un programma televisivo intitolato « Grande Fratello », dove alcuni sconosciuti venivano rinchiusi in una casa sotto lo sguardo petulante delle telecamere e uscivano uno alla volta quando il pubblico li eliminava. La clausura imposta dal virus replicò l'impazzimento nella vita reale, ma con due differenze decisive: i concorrenti si conoscevano tutti benissimo, o almeno così credevano, e non era possibile sbattere fuori di casa nessuno.

Il mattino dopo aver scoperto che non se ne sarebbe andato tanto in fretta, ritrovai mio padre davanti al televisore del soggiorno, stravaccato su quel divano letto che, secondo i patti, avrebbe già dovuto rimettere in ordine due ore prima. Parlava da solo con il telegiornale.

« Distanziamento sociale, lo chiamano. Figuriamoci, io non sopporto nemmeno i divieti di sosta. »

Le parole che aveva detto alla sua compagna durante la telefonata notturna continuavano a giocare a braccio di ferro nel mio cervello. Da che cosa stava scappando, visto che non scappava da lei e, per la prima volta, nemmeno da me?

Dopo essermi consultato con Puff, presi solennemente la decisione di non evitarlo più. Al contrario, lo avrei pedinato con tutti gli strumenti a mia disposizione per scoprire quale divieto di sosta lo costringesse a fare la muffa in casa nostra. Secondo Puff era solo smascherando le sue vere intenzioni che avremmo potuto costringerlo ad andarsene.

Cominciai ad ascoltare le sue telefonate. Cambiava voce a seconda dell'interlocutore. Poteva assumere un tono cerimonioso, oppure grigio e dimesso, specie quando parlava di lavoro. Mio padre faceva l'avvocato, ma non come quelli che nei film difendono le persone che si mettono nei guai. Andrei era un avvocato che si metteva nei guai lui.

Aveva poi in serbo una voce d'emergenza e, benché gliela sentissi sfoderare di rado, mi dava più fastidio di tutte le altre. Era continuamente interrotta da balbettii che andavano a frantumarsi contro una muraglia di risolini isterici, come se cercasse di tenere a bada una forza che sfuggiva al suo controllo. La battezzai Voce della Paura.

Per la maggior parte del tempo, però, mio padre parlava di autocertificazioni e di complotti.

Dal poco che ero riuscito a capire, le autocertificazioni erano dei permessi e assomigliavano alle giustificazioni che Rossana e i suoi compagni dovevano portare a scuola firmate da un genitore. Solo che in questo caso la scuola non era sempre la stessa, e neppure i genitori, così le autocertificazioni cambiavano più rapidamente delle mascherine, scatenando l'ira funesta di Andrei. Pensai che, se proprio gli fosse servito un permesso per andarsene, glielo avrei firmato volentieri io.

Le autocertificazioni lo lasciavano perplesso, ma sui complotti aveva le idee chiare. Al telefono si ostinava a ripetere che il virus era stato portato in Cina da un soldato americano pagato da una fabbrica di medicinali. Questa fabbrica si era messa d'accordo con alcuni padroni della finanza che avevano scommesso un oceano di soldi sull'arrivo della catastrofe. Ovviamente i cinesi li avevano lasciati fare: a loro interessava soltanto che il mondo si ammalasse per poterlo conquistare meglio.

In altre telefonate mio padre sembrava convinto che il virus non esistesse proprio. Era stato inventato allo scopo di nascondere la vera ragione per cui le persone si sentivano male: le nuove antenne che facevano andare più veloce i cellulari. E i pipistrelli? A suo parere, tutt'al più erano complici. Essendo spesso per aria, non potevano non sapere.

I complotti del mondo mi appassionavano molto meno dei suoi. Da quando avevo scoperto che era stato trattenuto a Milano da una ragione misteriosa, aspettavo il momento giusto per parlarne con Ross, finché accadde qualcosa che mi fece cambiare idea.

Una mattina, mentre mi trovavo al gabinetto per quella faccenda che rendeva tanto felice nonna Gemma, intercettai un loro dialogo in corridoio, scrutandoli dal buco della serratura. La maschera di buonumore di mio padre contrastava con il tono melodrammatico di Rossana.

« Papà, aiutami a rivedere Damiano, altrimenti muoio. »

Mia sorella moriva spesso, soprattutto per i cantanti che le piacevano.

« Non preoccuparti, troverò io un modo per farvi incontrare », rispose lui, e sul suo volto spuntò la smorfia solenne di quando mi prometteva qualcosa che poi avrebbe dimenticato.

Nei giorni seguenti li sorpresi più volte a cospirare: in cucina e ormai pure in salotto, perché Andrei si stava allargando a dismisura e Ross era talmente su di giri che svolazzava da una stanza all'altra meglio di un pipistrello. Mi faceva compassione. Ero sicuro che mio padre avrebbe presto deluso anche lei.

Quanto a mia madre, era così ossessionata dal virus che ormai manteneva le distanze persino da me.

Al telefono con le amiche si lamentava di non riuscire a guardare la maniglia di una porta o un sacchetto della verdura senza immaginare che brulicassero di granuli invisibili e smaniosi di attaccarsi ai polmoni. Appena in casa risuonava un colpo di tosse, entrava talmente in agitazione che per placarla bisognava premurarsi di dirle che qualcosa ci era andato di traverso.

Abbandonato da tutti e diffidente verso ciascuno, avevo affidato il governo delle mie giornate alla solitudine per dedicarmi a ciò che mi divertiva di più.

Annoiarmi.

La chiusura delle scuole si era trascinata quella del corso di judo e delle ripetizioni di aritmetica. Non mi sembrava vero di poter finalmente annegare nel nulla affollatissimo della mia fantasia.

Improvvisavo radiocronache dei miei gesti quotidiani, organizzavo scontri fuori dal tempo tra modellini di astronavi e mostri mitologici, e quando sentivo la tristezza avventurarsi con successo nelle nicchie più nascoste del mio cuore affondavo le dita dentro gli Squishy, i soffici pupazzetti antistress che Rossana mi aveva regalato a Natale. Mi bastava strizzare una melanzana a forma di unicorno per sprofondare nel mondo morbido e rassicurante in cui mi sarebbe piaciuto vivere.

Non da solo, però. Avrei voluto portare con me nonna Gemma.

Mia madre desiderava che io fossi simile agli altri. Normale, diceva lei. Che mi divertissi a stare in mezzo ai bambini, che frequentassi la scuola senza darle preoccupazioni, che non mi ammalassi mai. Una vita senza traumi e senza vuoti, fatta solo di linee rette e di pieni. Tutti i libri che leggeva le dicevano che una vita del genere era impossibile, e forse anche inutile, infatti non l'avrebbe mai voluta per sé. Ma per me sì.

Invece a nonna Gemma andavo bene com'ero. Non che me lo avesse mai detto, però mi dava quella sensazione lì. Non voleva cambiarmi, lei. Diceva sempre che per cambiare qualcosa che non ci piace bisogna prima fare in modo che ci piaccia.

Ma se qualcosa comincia a piacermi perché lo dovrei cambiare? le chiedevo.

La nonna scoppiava in una delle sue risate catarrose. « Non saprei dirtelo, piccinino, ma funziona così. »

Io e lei custodivamo un segreto. Quando andavo ancora all'asilo, al primo piano del nostro condominio abitava un signore dolce e gentile che aveva montato le rotelle sulla mia prima bici. Avrebbe dovuto farlo Andrei, ma era già sparito.

Un giorno avevo trovato T'ansia in cucina con gli occhi tristi e mi era venuta l'idea di promuovere il signor Montarotelle a nuovo papà. Mi ero confidato con la nonna e lei aveva preso talmente sul serio la questione che lo aveva invitato a bere un caffè quando in casa c'era anche la mamma. Li aveva lasciati soli intorno al tavolo del tinello – con le tazzine, lo zucchero e tutto il resto –, però non era successo granché.

Pochi mesi dopo, lui era andato ad abitare in un'altra città e aveva messo la sua casa in affitto, ma doveva essere davvero brutta perché non l'aveva più presa nessuno. Invece mia madre se l'era presa Zeno Zorzi, e nel cambio ci avevamo perso tutti.

« Nonna, mi senti? »

Mi ero chiuso in bagno, dopo avere atteso quasi un'ora che Rossana lo liberasse, e avevo aperto al massimo il rubinetto del lavandino per coprire la mia voce. La mamma stava partecipando a una riunione a distanza tra professori e io ne avevo subito approfittato per prenderle il telefono e chiamare nonna Gemma.

« Ti sento male, piccinino, c'è un rumore come d'acqua corrente. Parla più forte, lo sai che la nonna è sorda. »

« Nonna... Andrei non se ne va più... »

« *Lasciate ogni speranza, voi ch'entrate...* »

« Che cosa? »

« Dante, l'Inferno. »

« Io parlavo di mio padre. »

« Anch'io. »

« Non ti capisco. »

« Non importa. Però, ti do un consiglio: se vuoi che se ne vada, ricordati di andargli dietro quando esce. »

Seguire mio padre quando se ne andava? Ma se il problema consisteva proprio nel farlo uscire!

A nonna Gemma era sempre piaciuto parlare per enigmi, ma stavolta aveva esagerato. Forse il *lockdown* le stava arrugginendo il cervello, pensai. Nel corso della telefonata riuscì a ripetermi per ben tre volte che era molto preoccupata per la salute del portinaio.

Da quando, molto tempo prima, gli si era inceppato il cuore, Carlo doveva passare ogni tanto in ospedale a fare il tagliando, come lo chiamava lui, ma con l'arrivo del virus i letti si erano imbottiti di malati e al suo cuore non pensava più nessuno.

Appena gli chiedevi come stava, rispondeva « benegrazie », tutto attaccato, però la nonna era convinta che lo dicesse solo perché non gli andava di essere compatito. Ogni mattina Carlo le lasciava la posta e la spesa sullo zerbino. Poi scappava subito di sotto, e lei lo aveva sentito ansimare più di una volta sulle scale.

« Magari ha paura che io lo interroghi sui *Promessi sposi*. »

« Gli dai troppi compiti, nonna! Per questo è così stanco! »

« E tu, piccinino? I compiti non li fai più? »

Cacciata dalla porta, a un certo punto la scuola rientrò dalla finestra del computer. Una mattina di quasi primavera, i miei cari compagni di classe apparvero tutti là dentro. Confinati nei loro riquadri, si scambiavano saluti impacciati.

Era una scuola molto diversa da quella in cemento. Ci mettevo meno tempo per arrivarci, sempre che la connessione fosse buona, però diventava più difficile starmene per i fatti miei: da un lato non sapevo se la maestra mi stesse guardando e dall'altro sapevo fin troppo bene che lo stava facendo mia madre.

Dopo essermi messo le cuffie e ricordato a grandi linee come funzionava il collegamento, T'ansia finse di andarsene in camera sua. Invece si piantò all'ingresso del tinello, non prima di avere intimato ad Andrei di trasferirsi in soggiorno per non disturbare.

Quando finalmente si allontanò, mio padre fece capolino per lanciarmi un'occhiata strabica, che nelle sue intenzioni avrebbe voluto suggerire una promessa di complicità.

La maestra ci aveva chiesto di dedicare un pensiero a una persona che non potevamo più vedere da quando ci eravamo chiusi in casa, ma io mi persi a immaginare le cose molto più interessanti che avrei avuto da dire su una persona che non avevo quasi mai visto, finché non si era chiusa in casa con me.

« Mattia, vorresti tornare tra noi e raccontarci a chi dedichi la tua quarantena? »

La maestra sembrava contenta di avermi colto alla sprovvista, ma sottovalutò le mie capacità d'improvvisazione.

« A Ron, il mio pesciolino rosso. A dire il vero non lo vedevo neanche prima, perché viveva già nelle fogne. Spero che stia bene e che non gli manchi niente, a parte me. »

Sullo schermo del computer, i compagni cominciarono a sghignazzare. Alcune facce uscirono dai riquadri per crollare, immagino, sulle scrivanie.

« Chiedete subito scusa a Mattia! »

Mi sarebbe piaciuto conoscere il motivo di quelle risate, se solo avessi avuto il coraggio di domandarlo. Due lacrimoni mi spuntarono dagli occhi a tradimento, però riuscii a ricacciarli indietro e nessuno se ne accorse, a parte mio padre che scomparve sul balcone per non farmi capire che li aveva visti.

Non può esistere avventura senza l'archetipo dell'Imbroglione. Lui è il sasso nello stagno, il nemico della conservazione che raddrizza le cose storte e piega quelle dritte. Si muove senza seguire scopi precisi, animato soltanto dal piacere infantile di creare scompiglio, ma è proprio così che stimola il cambiamento.

Quella sera, al tramonto, l'Imbroglione uscì di casa per andare – disse – a fare due passi fino alla farmacia.

Il caso volle che io fossi affacciato al balcone, così vidi mio padre mentre imboccava la discesa del garage. Non esattamente una scorciatoia per la farmacia, pensai.

Proprio allora Ross si accorse di aver perso un vecchio libro di scuola e comunicò a nostra madre che sarebbe andata a cercarlo nell'unico posto dove avrebbe potuto nascondersi. In garage.

Anche un investigatore meno talentuoso del sottoscritto avrebbe unito i puntini: quei due stavano per mettere in atto il loro piano criminale. Ripensai alle parole della nonna.

« Se vuoi che se ne vada, ricordati di andargli dietro quando esce. »

Non mi restava che pedinarli.

Dico a mia madre che vado a giocare in camera mia e invece esco in punta di pantofole sul pianerottolo. Quattro balzi ben assestati e sono in cortile, altri quattro e affronto il sentiero in discesa che conduce ai garage. La serranda del nostro box è sollevata. Mi appiattisco contro la parete, ma anche senza l'Orecchione (che stupido a non essermelo portato dietro!) riesco a catturare la voce di mia sorella.

« E se ci fermano ai posti di blocco, papà? Fino a Segrate è lunghissima... »

Incredibile, Andrei la sta veramente portando da quel Damiano con la station wagon della mamma!

All'improvviso la luce di un'altra macchina illumina il mio nascondiglio e Rossana lancia un urlo, nemmeno avesse visto un fantasma.

Vanni Mauro è di ritorno dal supermercato e i suoi occhi sbarrati sopra la mascherina si posano sui miei come una sentenza di condanna.

Scende dall'auto e con voce implacabile sibila: « Che cosa ci fate fuori di casa, in tre? »

Mio padre impiega un secondo per accorgersi della mia presenza e non più di altri due per fabbricare una bugia.

« Siamo scesi a mettere in moto la fuoriserie », scherza. « A forza di tenerla ferma, rischia di scaricarsi la batteria. »

«Stamattina ho visto Tania che la usava.»

«In realtà ho voluto portare i ragazzi a prendere una boccata d'aria.»

«Una boccata d'aria in garage? Avresti dovuto mandarli via da Milano, come ho fatto io con mio figlio.»

«Io non voglio trasferirmi in Toscana!», mi intrometto.

«Andrea, mi stupisco di te», sermoneggia Vanni Mauro. «Durante una pandemia ogni cosa che facciamo può procurare un danno a chi ci sta intorno. Siamo sulla stessa barca, ti è chiaro? Non ci si può comportare come se gli altri non esistessero. Tania lo sa che siete qui?»

«Ovviamente. Tu faresti mai qualcosa senza dirlo a tua moglie?»

Ci scruta con la fronte corrugata, afferra le borse della spesa e scompare nel buio.

Mi dispiace di aver rimediato una figuraccia davanti a un personaggio di quel calibro e noto ancora una volta l'enorme differenza di stile tra lui e mio padre.

«Mattia, torna su», mi dice Andrei, che non sembra avere perso la calma.

«Non sapete che è vietato andare a Segrate?»

«Non avrai mica intenzione di fare la spia?», interviene mia sorella.

«Io non faccio la spia. Però portatemi con voi, altrimenti lo dico alla mamma.»

Ross mi lancia un'occhiata di disprezzo. Se avessi uno specchio, me la lancerei anch'io. Come li chiamano nei film quelli come me? « Volgari ricattatori », ecco. Per fortuna non ho uno specchio.

« Saltate tutti e due nel bagagliaio », taglia corto mio padre.

Mentre mi accoccolo in un angolo, avviluppandomi in un plaid per non vedere la faccia di mia sorella, la mente mi riporta a galla un ricordo che credevo annegato. Avrò avuto tre anni, Andrei apriva il portellone dell'auto e io saltavo nel bagagliaio fingendo di essere un cagnolino. Lui faceva il giro dell'isolato a venti all'ora, e intanto T'ansia gli urlava: « Devi metterlo sul seggiolino e legargli le cinture! Ma sei un padre o un cretino? »

Mio padre innesta la marcia per affrontare la breve salita che conduce alla libertà, ma appena la station wagon ritorna in orizzontale sento il fischio di una frenata e poi una voce inconfondibile, di sorbetto al limone.

« Cosa ci fai sulla mia macchina? Dove sono i ragazzi? »

L'Imbroglione nega di averci visti e farfuglia scenari apocalittici, arrivando a sostenere che la farmacia aperta più vicina si trovi a Segrate, quando irrompe un'altra voce.

« Ti garantisco che erano con lui, Tania. Perciò mi sono permesso di venirtelo a dire. »

Vanni Mauro.

« Dove li hai messi? », grida mia madre, e io sono così in pena per lei che penso di venire fuori dal plaid, se non fosse che sento uno stridore di gomme.

Sbirciando dal finestrone del bagagliaio, intravedo un lampeggiante e un ragazzo con la divisa della polizia.

« Cos'è questo assembramento? », scandisce poco affettuoso.

Mio padre inserisce il mentitore automatico.

« Ci siamo incontrati per caso e... »

« Favorisca patente, libretto e autocertificazione. »

« Io? »

« Sì, lei. Ha comprovati motivi di salute o di lavoro per andarsene in giro? »

« Stavo andando in... farmacia. »

Vanni Mauro gli dà sulla voce.

« Signor agente, mi spiace, ma le cose non stanno così. Il signore è il marito separato della signora e lo abbiamo fermato all'uscita dal garage perché aveva i figli con sé. »

« I figli? Quali figli? », chiede l'agente.

« Quali figli? », gli fa eco Andrei e, per chi conosce la sua concezione casuale della paternità, potrebbe sembrare persino sincero.

Il poliziotto si avvicina al lunotto del bagagliaio e non faccio in tempo a rinfilarmi sotto il plaid.

Un attimo dopo io e Ross siamo in piedi, schiena contro schiena, vivisezionati da chi temo ci spedirà in prigione.

« Signora, lei conferma che quest'uomo è suo marito? »

« Lo era... Lo è. »

« E questi sono i vostri figli? »

« La ragazza è solo figlia mia, ma gli vuole bene come a un padre. »

« Non mi interessa. Voglio solo sapere se tutti e quattro fate parte dello stesso nucleo familiare. »

« No! Cioè... Sì... ancora... credo... »

« E dove andavate? Lo sto chiedendo a lei, signor... »

« Dove andavamo? », abbozza mio padre, che ha dimenticato la bugia sfornata poco prima e sta prendendo tempo per ricordarsela. « In farmacia, sì... gliel'ho già detto... A cercare delle mascherine. Ci dite sempre di metterle ma non si trovano! »

« E ci andavate in tre! Lei sa che rischia grosso, vero? Sequestro di minori. »

« Ma quale sequestro! », sbotta Rossana. « Papà mi stava portando a Segrate dal mio ragazzo, poi mio fratello ci ha scoperti e ha minacciato di dirlo alla mamma, così abbiamo caricato anche lui. E non se ne sarebbe accorto nessuno, se certi vicini si fossero fatti i fatti loro! »

« Impara l'educazione, ragazzina, visto che tuo padre non te l'ha insegnata », replica gelido Vanni Mauro. « Non ci si difende aggredendo, quando si ha torto marcio. Ti è chiaro? »

« Lo sa che lei è una brutta persona? Ma proprio brutta! »

« Basta, Rossana », la zittisce mia madre. « Ringraziamo l'agente e torniamo a casa... Tutti. »

Rientrammo in cinque: io, mia madre, mio padre, mia sorella e una multa equivalente a un numero spropositato di divieti di sosta.

« Tu! », disse la mamma a Ross, « fila subito in camera tua. E sia chiaro che da stasera ti tolgo anche il computer! »

« La colpa è stata mia », la difese Andrei. « Se avessimo preso un taxi... »

« Proprio ti rifiuti di capire, eh? Avete violato la legge! »

« Dai, Tania, non fare la professoressa. Tutti abbiamo avuto sedici anni. »

« Il problema è che tu li hai ancora! »

« Esercito per le strade, droni sopra la testa, spie dentro il caseggiato... Stiamo diventando uno stato di polizia e hai il coraggio di prendertela con me? »

« Ma come ti è saltato in mente?! »

« Tua figlia è innamorata. E io, come padre... »

« Tu non sei un padre. Tu sei un cretino! »

A mia madre piaceva ribadire i concetti anche a distanza di anni.

« Guai a te se ti allontani ancora dalla cucina », aggiunse.

In quel momento dai miei polmoni esplose una raffica di colpi di tosse.

T'ansia mi toccò la fronte e mi perlustrò gli occhi, prima di sentenziare: « Allergia... a marzo! Il mondo è proprio impazzito. Mattia, va' in camera tua. Almeno uno che mi obbedisca, in questa casa! Io e tuo padre dobbiamo fare un discorsetto».

Era così arrabbiata con lui che si era dimenticata di arrabbiarsi con me.

Mentre ragguagliavo Puff e Piccipò sugli ultimi sviluppi, sentii arrivare l'uragano tanto atteso. Andrei e la sua valigia senza una rotella stavano per essere catapultati fuori dalla mia vita, ma l'evento mi rendeva meno felice di quanto mi sarei aspettato.

Continuavo a non vedere l'ora di levarmelo di torno, però il suo tentativo di mantenere la promessa fatta a Ross mi aveva lasciato addosso un senso di ammirato stupore. Se proprio bisognava cacciarlo – e bisognava – avrei preferito che fosse per qualcos'altro.

# IL CORTILE

Mia madre ci mandò a letto con la cena. Obbligarci a mangiare le sue melanzane bruciacchiate fu il suo modo raffinatissimo di punirci.

Svenni di stanchezza tra le zampe di Piccipò e, dopo una notte affollata da sogni insospettabilmente splendidi, mi risvegliai di malumore perché li avevo dimenticati tutti.

Mi trascinai con gli occhi ammainati verso la cucina, preparato a non trovarci più mio padre, e invece era in piedi accanto al lavello, con una tazza di caffè tra le mani.

Lo intravidi già dal corridoio e per la prima volta la sua barba troppo corta o troppo lunga non m'infastidì, a differenza del tono di voce di mia madre che si ergeva di fronte a lui puntandogli un dito contro, come era solita fare con Ross quando le mancava di rispetto.

Decisi di tornare in camera mia per evitare che potesse puntarlo anche contro di me – ero pur sempre sgattaiolato in garage senza il suo consenso –, ma la curiosità prevalse sulla prudenza e mi inoltrai di nuovo fino alle soglie del tinello, stavolta munito di registratore.

« Sai perché ti ho lasciato entrare in casa? », stava

dicendo la mamma. « Mi ero illusa che almeno una catastrofe planetaria avrebbe compiuto il miracolo di farti recuperare un rapporto decente con tuo figlio. E invece, mentre negli ospedali la gente muore da sola a pancia in giù e attaccata a un respiratore, tu te ne vai in giro con due ragazzini nel bagagliaio della macchina... No, stai zitto! La colpa è mia che ti ho ridato fiducia. Ancora mi illudevo che tu potessi cambiare. »

« Io sono così! E una volta ti piacevo, così. Sono sempre stato un personaggio tragico, Tania. E i personaggi tragici non possono cambiare. »

« Tu non sei un personaggio tragico. Tu sei una tragedia! E mi sei ripiombato addosso nel bel mezzo di un'altra tragedia! »

« Praticamente sono una tragedia al quadrato. »

« Non sei divertente. »

« La verità è che non hai mai saputo che cosa volevi dalla vita. In me ti piaceva lo spirito del poeta e poi hai preteso che fossi anche solido come una roccia. »

« Ma quale poeta! Un avvocato da strapazzo che non ha mai combinato nulla di serio nella vita: questo sei! »

« Sempre meglio di quel tuo preside che sputacchia le sue zeta addosso ai passanti. Mi stupisce che non ci abbia ancora attaccato il virus. Pensi che non sappia che vi incontrate di nascosto al supermercato? »

« No, Andrea, la scenata di gelosia a scoppio ritardato, proprio no! Da che pulpito, poi... »

«Vuoi che me ne vada?»

«Troppo comodo. Ora tu non ti muovi da qui e mi aiuti a tenere in piedi questa baracca che ho provato a costruire, credendo, io, che fosse una famiglia. Dopo di che potrai ricominciare a sparire. E magari ti degnerai pure di dirmi perché non sei tornato subito a Roma da... Federica.»

Aveva pronunciato quel nome come se fosse stato una parolaccia.

«Lo sai benissimo. Per stare con nostro figlio.»

«Quand'è che smetterai di innamorarti delle tue bugie? Adesso basta, devo andare a fare la spesa per dare da mangiare ai *miei* figli.»

«Ci vai con Doppia Zeta? Ricordati l'ombrello...»

«Piantala! Ha sempre pensato al mio bene, lui.»

Subito dopo arrivò quel rumore di porta di casa sbattuta che desideravo sentire da giorni, solo che a produrlo non era stato mio padre.

La mamma lo aveva maltrattato, eppure – ragionava il mio cervellino – davanti al poliziotto aveva ammesso che Andrei era ancora suo marito, e aveva parlato di noi, di tutti noi, come di un «nucleo familiare». Ignoravo che cosa fosse un «nucleo», ma mi faceva pensare a qualcosa di difficile da sciogliere. Un po' come me e Puff, ogni volta che mi ci buttavo sopra.

Quando mi decisi a raggiungerlo in cucina, mio padre era davanti alla porta-finestra e guardava Vanni

Mauro, la cui sagoma rigida come una bacchetta delle tende incombeva sul balcone allungando la sua ombra su tutto il condominio.

« A te piace inventare storie? », mi chiese Andrei, riempiendomi la tazza di latte senza scaldarlo.

« No », risposi, rivolgendo alla tazza una smorfia di disgusto.

« La mamma e Ross dicono che sei bravissimo. »

« Non è vero. »

« Io alla tua età guardavo sempre le finestre illuminate nelle case degli altri e immaginavo le loro vite. Prendi quel tipo, il papà del tuo amico Giulio... »

« Giulio Mauro non è mio amico. »

« Be', secondo me ha qualcosa da nascondere. Non trovi che abbia la faccia di uno che nasconde qualcosa? »

« Non mi pare. »

Ce l'aveva, assolutamente: come avevo fatto a non accorgermene prima?

« Lascia credere a tutti di essere un paladino del bene e invece è... un bandito. »

« Ma che cosa dici? Un capufficio mica può essere un bandito. Al massimo, uno spione. »

« Dipende. E comunque è da un po' che lo tengo sotto controllo. Ieri sera l'ho visto mentre svuotava i sacchetti della spesa... Non era la spesa, Mattia. Era il bottino! Ha svaligiato tutti i supermercati del quartiere. Entra con la bandiera arcobaleno per sembrare buono e poi... »

Sul balcone, Vanni Mauro aveva appena afferrato una bottiglietta di insetticida per stecchire una zanzara fuori stagione.

«... e poi estrae una bottiglietta di liquido paralizzante e lo spruzza sulla cassiera, gridando: *È per il tuo bene, così ti puoi riposare un po'. Ci penso io a proteggerti dai banditi. No, non ringraziarmi, siamo tutti sulla stessa barca, ti è chiaro?*»

Il suo racconto mi faceva talmente ridere che per non dargli soddisfazione mi inventai una scusa e scesi in cortile da solo.

Quando ci si poteva ancora abbracciare, nonna Gemma mi aveva mostrato una cartina geografica degli australiani, dove il mondo era disegnato come lo vedevano loro: l'Alaska sotto la Patagonia, Roma sopra Milano. Alla rovescia, avremmo detto noi.

Ecco, mi sembrava di essere precipitato in quella cartina.

L'impressione divenne certezza quando sulle scale incrociai un elefante con la tuta: il geometra Gotti. Si era accorto improvvisamente di avere un corpo e ogni mattina, mi disse, lo portava a fare una corsetta per la strada. Pur di uscire di casa, persino lui si era scoperto podista.

Il desiderio generale di evasione veniva amplificato da un'attesa sempre più indefinita nel tempo e fin troppo definita nello spazio. Ognuno passeggiava sopra i propri passi come un carcerato, ma bastava la vista di un vicino a suggerire di farne uno indietro.

Fu allora che mi accorsi del muro invisibile che mi separava dal mondo dei grandi, anche se l'avrei capito bene solo più tardi.

Loro avevano bisogno di una data. Una qualsiasi.

La clausura era uno stato innaturale e violento,

però gli adulti avevano imparato a digerire le emozioni innaturali e violente, a condizione che rimanessero brevi. Era l'indeterminatezza della durata e delle conseguenze a provocare in loro quel carico di tensione.

Gli esseri umani non sono capaci di ancorarsi al presente perché danno troppa importanza alla mente. E alla mente il presente non interessa. Preferisce spedirci tra le nostalgie del passato e le angosce del futuro. Gli unici a rimanere senza sforzo dentro l'istante che stanno vivendo sono i bambini, gli innamorati e gli artisti, che in fondo altro non sono che bambini innamorati.

A proposito di bambini, con la sparizione miracolosa di Giulio Mauro mi ero ritrovato a essere l'unico maschio di tutto il condominio. In compenso era apparsa una bimba molto più bionda e prepotente di me. Una specie di cartone animato che però non si poteva spegnere con il telecomando.

Tea, questo era il suo nome, passava le ore in cortile a portare a spasso una bambola nel passeggino. Carlo aveva provato a farci diventare amici a distanza, ma io mi annoiavo già a portare a spasso me stesso, figuriamoci una bambola in un passeggino.

La bambina era figlia di uno dei due appartamenti del primo piano, quello con le persiane sempre chiuse. La casa sembrava disabitata perché la famiglia di Tea viveva in Svizzera, dove – secondo Carlo – perdeva meno tempo a pagare le tasse, ma ogni tanto lei e i suoi genitori venivano a darle un'occhiata.

Il *lockdown* li aveva sorpresi durante una di queste visite ed erano rimasti intrappolati a Milano. Ogni sera, finito l'assolo stonato del geometra Gotti, dalle loro finestre usciva la musica di un violino. Era una melodia dolce, ma non sdolcinata: invece di scivolarmi addosso, mi colava dentro.

Ero abbastanza sicuro che il violinista fosse il padre di Tea. A prestare fede ai racconti di Carlo, si trattava di un uomo talmente in gamba che non lavorava neppure. Viveva di rendita. Ignoravo che cosa volesse dire, ma avevo deciso che da grande avrei fatto di tutto per vivere di rendita anch'io.

Quella mattina presi la bici dal capanno degli attrezzi per pedalare intorno all'Albero del Coraggio. Avevo bisogno di rassicurazioni e nulla me ne dava quanto l'inanellare giri sempre uguali, come un criceto sulla ruota. Non appena vidi Tea correre verso di me, fui preso da una ventata di galanteria e mi offrii di prestarle la bici.

Una delle persiane del primo piano si spalancò all'improvviso e apparve un uomo lungo con la fronte sfuggente, come una *i* senza il puntino, che le intimò di non avvicinarsi a me e di rientrare subito in casa.

Lei disse: «Arrivo, papà» e scappò via, sventolando una mano della bambola a mo' di congedo, mentre lui richiudeva le persiane senza degnarmi di un saluto. I miei pregiudizi verso le persone che vivono di rendita devono essere cominciati allora.

Fui colpito da una delle mie botte di tristezza e tornai in casa alla ricerca di qualcuno che mi abbracciasse almeno con le parole.

La porta della camera di mia sorella era chiusa e tamburellai con le nocche la nostra parola d'ordine. Ad aprirmi venne una brutta copia di Rossana. I suoi occhi azzurri, che di solito illuminavano il mondo, emettevano la luce fioca di un abatjour.

«Che cosa vuoi?»

«Ross...»

«Eh?»

«Mi dispiace per ieri.»

«Si può sapere che cosa vi ho fatto? Tu ti comporti così perché hai sempre paura che ti escludiamo, ma quel mostro di Vanni Mauro? Non lo perdonerò mai. E neanche la mamma.»

«La mamma non è Vanni Mauro!»

«È molto peggio. Non mi capisce, non mi ha mai capita! Se mi toglie gli amici e l'aria aperta, che cosa mi rimane? Io non sono come lei, io non voglio avere paura di esistere!»

«Ti ha chiuso in camera?»

«Sono io che mi sono messa in quarantena per non essere contagiata dalla sua cattiveria. E non uscirò più!»

«Nemmeno per andare in bagno?»

«Te lo giuro, non le rivolgerò mai più la parola. E appena finisce il virus me ne andrò di casa.»

Rimasi sconvolto. A nove anni uno tende ancora a prendere sul serio le cose che gli dicono.

«E mi molli qui da solo?»

«Verrò a trovarti tutte le settimane. Ti darò appuntamento davanti al gabbiotto di Carlo, come papà.»

«Ma resteremo sempre schiena contro schiena?»

«Certo, scemotto.»

Riuscii a farla sorridere per un attimo. «Ora però lasciami in pace.»

Prima il padre di Tea, adesso lei: perché mi respingevano tutti? Repressi uno starnuto, ma non riuscii a fermare un colpo di tosse. Mi mancava talmente il fiato che decisi di andarmelo a prendere sul balcone.

«Nonna, ci sei?»

«Un attimo, piccinino... Ecco, sporgiti e acchiappalo al volo!»

Dal piano di sopra vidi scendere un bicchiere di plastica legato a un filo.

«Appoggia il bicchiere all'orecchio!»

All'improvviso mi ritrovai nonna Gemma dentro la testa.

«Mi senti?»

«Anche troppo, nonna. Dove lo hai comprato?»

«L'ha costruito il mio vicino. Gli avevo detto che mio nipote cercava un modo originale per parlare con sua nonna e lui stamattina me lo ha fatto trovare sullo zerbino. Non è meraviglioso?»

« Il telefono a bicchieri? »

« Il signor Donati! »

Allo stesso piano di nonna Gemma abitavano i Donati, una coppia piena di anni: persino più di lei. La moglie l'avevo vista una volta sola e mi aveva spaventato. Camminava con il girello e biascicava parole senza senso, almeno per me. Ancora non sapevo che le persone con la sua malattia chiudono il cerchio della vita uscendovi come vi sono entrate, tra pannoloni e sorrisi sdentati, lo sguardo perso in un mondo che vedono soltanto loro e che magari esiste davvero.

Invece il mondo del signor Donati mi lasciava indifferente. Prima del virus, lui e la nonna si scambiavano pochi buongiorno e ancor meno buonasera, ma adesso avevano preso l'abitudine di sedersi alla stessa ora nell'unico spicchio d'aria aperta consentito e giocavano a raccontarsi le loro vite.

« Mi parla continuamente di sua moglie », disse nonna Gemma. « Passa il tempo ad accudirla e a imboccarla, anche se lei non lo riconosce più. E sai perché lo fa? »

« È in punizione? »

« No, piccinino, è l'amore. Quello vero, che ama e basta, senza aspettarsi ricompense. »

Mi spiegò che ogni tanto il signor Donati metteva un disco per farla cantare. Pare che la moglie avesse una voce splendida, ma che da qualche giorno si fosse dimenticata di usarla, come se il *lockdown* le avesse tolto la voglia di cantare.

Dopo essere andato in pensione il signor Donati si era scoperto una vena da inventore. La sua ultima creatura erano stati i bastoni per reggere i calici dello spumante con cui aveva allietato i brindisi da balcone a balcone, ma ormai era già diventata la penultima, soppiantata da quel telefono di cui smaniavo di sperimentare le potenzialità.

«Nonna», le urlai nel bicchiere, «la mamma è arrabbiata perché Andrei voleva aiutare Rossana a rivedere Damiano e così siamo saliti in macchina – io e Ross nel bagagliaio – ma Vanni Mauro ci ha visti e ha fatto la spia, poi è arrivata la polizia e adesso mia sorella vuole scappare di casa...»

«Piano, piccinino, mi scoppia la testa!»

«Nonna, tutti sono offesi con tutti.»

«Hai detto loro di farsi una doccia?»

«Sono arrabbiati, mica sudati.»

«La doccia è il perdono. Quando hai perdonato ti senti talmente pulito che gli abiti di prima ti sembrano sporchi. E ti viene soltanto voglia di mettertene di nuovi.»

I soliti enigmi di nonna Gemma.

Quella sera, durante il rito della buonanotte, presi a pretesto le avventure di Biscottaccio per chiedere a mia madre quale fosse il suo *Perché*.

La risposta si fece attendere talmente a lungo che pensai si fosse addormentata. Invece a un certo punto la mamma aprì una delle sue bellissime mani e me la mise davanti agli occhi.

« Vedi, Matti? La nonna è l'indice, Rossana il medio, tu l'anulare e zia Irene il mignolo... Il mio *Perché* è tenere unita la mano, evitando che ogni dito vada per conto suo. »

Contai e ricontai le dita, ma c'era qualcosa che non mi tornava. Erano cinque, mentre lei ne aveva nominate soltanto quattro. A chi apparteneva il pollice mancante? A Zeno Zorzi o a mio padre?

Dopo una lunga guerra contro la mia timidezza, trovai il coraggio di chiederglielo. La risposta si fece di nuovo attendere, ma stavolta la mamma si era addormentata sul serio. Russava, rannicchiata in fondo al letto, le mani strette intorno al cono di plastica del povero Piccipò.

Io non avevo sonno e quando il virus ricominciò a urlare per strada con la voce delle sirene feci una fuga in soggiorno. La luce fioca di un computer lasciava intendere che qualcuno era ancora sveglio.

Trovai Andrei sdraiato sul divano letto, con le ciabatte ai piedi e i piedi sopra la federa. Aveva la testa curva sull'iPad e scorreva una galleria fotografica di piazza del Duomo completamente deserta.

« Il pianeta delle apericene non è più abitato dall'uomo », borbottò. « Hai capito com'è fatta la gente, campione? Sbuffa, eccepisce, minaccia, ma alla fine si adegua a tutto. »

« Che cosa fai? », gli chiesi.

« Leggo per farmi venire sonno. Guarda qui... in India un poliziotto ha fermato un tizio che non aveva l'autocertificazione e lo ha costretto a scrivere cinquecento volte su un quaderno *mi dispiace.* »

« Allora non era un poliziotto, era la maestra. »

« E gli è andata ancora bene. In Indonesia, chi si azzarda a uscire lo condannano a passare la notte dentro una casa piena di fantasmi. »

Lo seguii in cucina dove appoggiò la fronte contro la finestra. Il vetro rifletteva le sue occhiaie. Forse anche lui era un fantasma con il quale, per punizione, ero stato condannato a vivere.

« E adesso che cosa fai? »

« Guardo fuori, campione. Non posso fare altro, dato che la mamma mi ha vietato di uscire... Però ti voglio rivelare un segreto. »

Per un attimo sperai che mi dicesse il vero motivo per cui era venuto da noi. Invece indicò la casa dei Mauro.

« Lo vedi? »

« Che cosa? »

« Il gabinetto. Il padre del tuo amico è là dentro da un'ora. »

« E allora? Avrà mal di pancia. »

« Non ti insospettisce quella luce che si intravede dietro la tenda? Il cellulare, Mattia... Vanni si è chiuso in bagno per telefonare ai complici senza farsi vedere da sua moglie: staranno progettando il prossimo colpo. »

La banda di Vanni Mauro – mi spiegò – era composta da sette rapinatori che tra loro si chiamavano con i nomi delle città italiane. L'uomo seduto sul water era noto come Torino, mentre il capo si faceva chiamare Roma, anche se il suo vero nome era Oreste Di Ponzio, il bandito senza denti che mordeva le prede con le gengive.

Con una tazza di latte freddo tra le mani – Andrei si rifiutava di imparare ad accendere il gas –, rimasi ad ascoltare la storia della banda che, dopo avere prosciugato tutti i supermercati di Milano, si stava preparando al colpo del millennio: svaligiare il signor Amazon, che, da quando il castello del mondo aveva sollevato il ponte levatoio per sbarrare la strada al virus, era rimasto l'unico a poter arrivare ovunque con i suoi armigeri, guadagnando fantastiliardi a palate.

Avevo gli occhi gonfi di sonno, ma appena Andrei provò a prendermi in braccio per portarmi a letto, mi ridestai.

« Non puoi uscire dalla tua zona », gli rammentai.

Mi rivolse una smorfia da cane bastonato.

« Faresti una cosa per me? »

Storsi la bocca, senza dare voce al « no » che mi ribolliva dentro.

« Domani porteresti il mio computer a Ross per qualche minuto? Le serve per sentire Damiano. »

« Ma è in punizione! »

« Un messaggio sui social non si nega neppure a un condannato a morte. »

« Allora perché non glielo porti tu? »

« Sono in punizione anch'io, ricordi? »

« Va bene. »

Lo avrei fatto per lei. Soltanto per lei.

« Un'ultima cosa, campione: avresti mica un quaderno da prestarmi? »

La scuola in cemento aveva traslocato sul computer di mia madre, ma i compiti continuavano a perseguitarmi peggio di prima. Quando le lezioni si tenevano a scuola, ragionavo, i compiti ce li facevano fare a casa. E allora perché, adesso che le lezioni si svolgevano a casa, i compiti non si erano trasferiti a scuola? Invece erano tutti lì, sparpagliati sopra il tavolo del tinello, come le penne lisce di mia madre nel piatto. E, per quanto mi impegnassi a smaltirli, non finivano mai: come le penne lisce, del resto.

Il mio incubo erano i disegni. La maestra non si accontentava di assegnarcene uno al giorno. Pretendeva che li appendessimo alle finestre, e che le mandassimo pure le foto. Quel pomeriggio avrei dovuto immortalare un girotondo di bambini di tutti i colori, ed ero già al terzo tentativo, mediocre come i due precedenti che giacevano accartocciati nel cestino.

« Ti piace disegnare? », mi chiese mio padre.

« Ma non lo vedi? Sono una schiappa. »

« Io lo ero anche più di te. »

Prese il foglio e tracciò un girotondo che dava il mal di testa, per quanto sembrava vero.

« Può andare? »

Feci segno di sì con la testa. Andrei con la matita era un drago. Mi aveva mentito, tanto per cambiare.

« Hai finito i compiti? »

Feci di nuovo segno di sì, ma stavolta a mentire fui io.

« Accompagnami dalla signora dell'ultimo piano. Le chiediamo in prestito uno dei suoi cani per fare una passeggiata. Non vorrei farmi fermare un'altra volta dalla polizia. »

Mi dichiarai contrario all'iniziativa. A parte che il divieto di uscire dal tinello per lui era ancora in vigore, non avevo nessuna intenzione di andarmene a zonzo con il cane di una strega.

« Sveglia non ce lo presterà mai. »

« A un bambino non saprà dire di no. »

« Allora vacci da solo. La mamma dice che sei un bambino anche tu. »

Sveglia odiava i bambini di qualsiasi età, ma mi dimenticai apposta di dirglielo.

« Campione, sbaglio o devi preparare un altro disegno per domani? »

Se era un ricatto, funzionò.

Cinque minuti dopo, mi ritrovai a fare l'ultima cosa al mondo di cui mi sarei creduto capace: suonare il campanello dell'antro di Sveglia.

« È una persona molto sola », aveva sospirato mio padre mentre salivamo le scale. « Vedrai che accoglienza, ci getterà la voce al collo. »

Ce la gettò, in effetti. Solo che la sua voce assomigliava a un cappio.

« Che cosa volete? », bofonchiò, mentre io ero ipnotizzato dal porro che le spuntava sopra la mascherina.

« Buongiorno, signora », sorrise Andrei, allargando a dismisura le sue guance da mappamondo. « Mio figlio desidera rendersi utile. In momenti come questo, siamo tutti sulla stessa barca... »

« Ma non tutti nella stessa tempesta », rispose lei, brusca.

« Mattia muore dalla voglia di portare a spasso uno dei suoi cani. »

« Mi sa che dovrà tenersela, quella voglia. E poi non gliene potrei mai dare uno solo. I cani escono sempre insieme. »

Li sentivo ansimare dietro una porta chiusa.

« E quanti sono? », si informò mio padre, senza smettere di sorridere.

« Cinque, molto grossi. »

Mi scappò un colpo di tosse che la costrinse a indietreggiare.

« Allergia », la rassicurò Andrei.

« Suo figlio è allergico ai cani e vorrebbe portarli in giro? »

Ci guardò con disprezzo.

« Non ai cani, alle piante. »

« Che cosa dovrei fare? Passare il diserbante? »

« Gliel'ho detto. Mattia vuole solo rendersi utile. »

« Allora lo mandi a raccogliere le cacche degli altri cani per la strada! » E ci richiuse la porta in faccia.

Nel discendere i gradini che aveva scalato con tanta sicurezza, Andrei sembrava meno demoralizzato di me. Già meditava di mettere un guinzaglio a Piccipò o a uno dei peluche di Rossana – quello di Snoopy era bellissimo –, quando vedemmo entrare in ascensore Vanni Mauro in compagnia di un enorme sacco della spazzatura.

Mio padre lanciò un urlo di vittoria.

« Lo hai visto anche tu, vero? Aveva la refurtiva! »

« Nel sacco, dici? »

« Ma è ovvio. E poi hai notato il vestito? Giacca e cravatta. Per andare a buttare l'immondizia? E quella mascherina abbassata sul collo, come un rapinatore in pausa pranzo? Molto sospetto, Mattia. Pediniamolo. »

Non so dirvi quanta parte di me credesse sul serio alla storia della banda, ma ormai ero cascato dentro il gioco e non riuscivo più a distinguerlo dalla realtà. Non volevo, forse. Era un mondo parallelo che mi incuteva meno paura di quello reale. E poi era l'unico che condividessi con mio padre.

In effetti Vanni Mauro indossava uno degli abiti tristissimi che usava per andare in ufficio. Nascosti dietro una colonna, lo vedemmo scaricare il suo sacco nel cassonetto in fondo al cortile.

« Fa parte del piano », mi spiegò Andrei. « Adesso risale in casa e si chiude di nuovo al gabinetto per telefonare a uno dei complici. Bologna, credo. O Firenze. »

« E Firenze che fa? »

« Sale su un finto camion della nettezza urbana e viene a prendere la refurtiva per portarla in un luogo segreto. »

« Guarda come rovista nel cassonetto! », gli feci notare tutto eccitato: Vanni Mauro ci aveva quasi infilato la testa dentro.

« Gli sarà scivolato un pacco di banconote e starà cercando di recuperarle. Chissà quanto puzzano! »

Scoppiai a ridere e fu allora che il bandito ci scoprì, puntandoci addosso i suoi occhi da salvatore dell'umanità.

Ci salutò con finta disinvoltura. In realtà sembrava piuttosto seccato che lo avessimo sorpreso a metà del lavoro.

« Sempre in giro voi due, eh? », esordì.

« Stavolta chi pensi di chiamare, i marines? », rispose mio padre.

Vanni Mauro non sorrise e continuò a guardarci

come se fossimo stati una palizzata che gli ostruiva la vista del paradiso. La sua rigidità aveva qualcosa di malato. Un uomo che non ha dubbi non è un uomo, mi aveva detto una volta la nonna.

« Non sono avvocato, Andrea, però so riconoscere chi aggredisce gli altri quando ha torto. »

« Beato te che sai sempre distinguere i torti dalle ragioni. La vita sarà pure una jungla, ma non si può mica andare avanti a colpi di accetta. »

« Dipende dal manico, ti è chiaro? »

« Allora ti auguro di non tirartela mai su un piede. »

Come se avesse voluto ribadire la perfezione inesorabile di ogni suo gesto, Vanni Mauro raccontò a mio padre il motivo per cui stava rovistando nell'immondizia.

Un paio di giorni prima, gli disse, aveva sorpreso il geometra Gotti al supermercato, mentre acquistava una quantità esorbitante di salviette igieniche. Così era sceso a controllare che le avesse buttate nella spazzatura, ma il fatto che non ce ne fosse traccia avvalorava il sospetto che quel barbaro gettasse le sue dannate salviette nel water, rischiando di intasare le fogne.

Le stesse fogne in cui suo figlio aveva gettato il mio pesciolino, pensai. Il water e le fogne dovevano essere una fissazione di famiglia, ma stavolta mi sembrò evidente che le avesse evocate al solo scopo di depistarci.

« Complimenti per la cravatta », disse mio padre. « È la nuova divisa degli operatori ecologici? »

Vanni Mauro non colse l'ironia.

«Non si vive di sole tute. Ormai uscire con la spazzatura è l'unica occasione che ci rimane per fare un po' di vita mondana, ti è chiaro?»

«Non saprei, io sono così pigro», rispose Andrei. «Il mio punto di riferimento resta il re di Thailandia, che si è messo in autoisolamento con venti concubine.»

Vanni Mauro si allontanò senza sorridere. Non sorrideva mai, se non quando parlava male degli altri.

La mia fervida fantasia arrivò alla conclusione che fosse cascato nella trappola tesagli da mio padre. Aveva o non aveva ammesso di essere uscito di casa con un vestito elegante perché moriva dalla voglia di incontrare qualcuno? E quel qualcuno chi altri avrebbe potuto essere, se non un complice? Praticamente ci aveva rilasciato una confessione in piena regola.

Ci si abitua a tutto. Al virus, alle fogne, al padre di Giulio Mauro e persino al mio.

Non sentivo più l'urgenza di mandarlo via, ma continuavo a non capire perché non fosse lui ad andarsene, visto che mia madre lo trattava sempre peggio, e ogni volta per un motivo diverso anche se in fondo era sempre lo stesso. Gli contestava una certa idea della vita, che lui intendeva come una ricerca continua di scorciatoie.

La tensione esplose una sera che non avrei mai più dimenticato.

Tutto cominciò quando mia madre si accorse di aver finito le sue caramelle alla menta preferite. T'ansia non fumava sigarette, nemmeno di cioccolato, non beveva alcolici né bibite zuccherate, non mangiava cibi che non fossero preceduti dal prefisso *bio*. La sua unica droga erano quelle caramelle. Si rammaricò che non le vendessero in farmacia, almeno avrebbe avuto una giustificazione per uscire a comprarle.

Mio padre, che camminava su e giù per la cucina in cui lei lo aveva recluso, perse completamente il controllo di sé.

« Ti rendi conto di come ci hanno ridotto? A sentirci in colpa per un pacchetto di caramelle. Adesso pare abbiano scoperto che le goccioline del virus galleggiano nell'aria. *Droplets* le chiamano, perché più sono ignoranti e più parlano inglese. Non mi stupirei se una di queste sere il governo emanasse un decreto per proibirci di respirare! »

« Non so se te ne sei accorto, Andrea, ma siamo in emergenza. »

« Siamo sempre in emergenza, Tania. Un giorno è il virus, un altro è l'attentato, un altro ancora le Borse o il clima impazzito. Un po' alla volta ci stanno togliendo la libertà, e con il nostro consenso! »

« Sai quanto ti farebbe bene limitarti a obbedire senza pensare? Solo per qualche settimana, eh? Obbedire e basta. »

« Fascista! », le urlò mio padre, ma non sapevo che cosa volesse dire e forse neanche lui.

Ci rivolse uno sguardo da matto e si diresse verso la porta, sbattendosela dietro le spalle.

« Se ne è andato? », domandai a mia madre.

« Ritorna, ritorna... »

Aveva ragione lei. Andrei ritornò un paio d'ore dopo con una nuova multa nella tasca del cappotto. Era andato a piedi fino in fondo al viale e lo avevano fermato davanti al piccolo emporio del distributore di benzina.

Quando i poliziotti gli avevano chiesto di esibire l'autocertificazione, aveva spiegato di essere uscito per fare il pieno alla macchina che utilizzava per lavoro. Allora gli avevano domandato dove fosse la macchina, e lui si era difeso dicendo che in quel momento non l'aveva con sé.

« Volevi fargli credere di essere andato a fare il pieno all'automobile senza l'automobile? Sei proprio un cretino! », rise mia madre.

Per tutta risposta, lui appoggiò sul tavolo un pacchetto di caramelle alla menta.

« Grazie per il pensiero », disse la mamma, sorpresa. E poi, facendo la voce da bambina: « Ti saranno costate una fortuna... però, scusa se te lo dico, hai preso quelle sbagliate... »

Un grido ci raggiunse dal corridoio: « Mamma, papà... correte a vedere! »

In tinello era apparsa mia sorella: aveva le mani

che tremavano e la faccia dello stesso colore del burro fuso.

Mio padre la seguì subito. Mia madre, come colta da una premonizione, si volse verso di me per intimarmi di restare dov'ero.

Mi sembrò un'ingiustizia che in quella casa le persone in punizione potessero precipitarsi dove volevano, mentre l'unico che avrebbe avuto diritto ad andare dappertutto fosse costretto a non muoversi. Così decisi di contravvenire agli ordini e dopo un attimo mi avventurai anch'io fino alla camera di Ross.

Erano tutti lì, gli occhi annegati nel televisore. Mia sorella singhiozzava, consolata da mio padre a colpi di carezze. T'ansia, appoggiata al muro, si mordeva le labbra furiosamente. Pur essendo sconvolta, preferiva soffrire a distanza di sicurezza.

Sullo schermo scorreva una fila interminabile di camionette dell'esercito, identiche ai modellini che prendevano polvere sul mio davanzale. Solo che, secondo la televisione, queste erano colme di bare.

Benché a nove anni intrattenessi un rapporto ancora piuttosto distratto con la morte, ero perfettamente consapevole che su quelle camionette avrebbero potuto esserci mia nonna, mia sorella e addirittura mia madre. Bastava un attimo per fare la fine del pesciolino rosso. Quando Giulio Mauro lo aveva rovesciato nel gabinetto, avevo chiesto a Puff che cosa ci fosse oltre le fogne. E lui mi aveva risposto: il mare.

Avrei voluto sapere dove sarebbero andate a nuotare, tutte quelle bare. E se contenessero ancora qualcosa – qualcosa di vivo, intendo – o se quel qualcosa fosse già volato nel Chissà Dove, come lo chiamava mia madre. Però ero troppo irrequieto per diventare filosofo. Preferii afferrare uno Squishy qualsiasi dal cesto dei giocattoli – mi capitò la zuppa inglese con le occhiaie – e andare a stritolarlo sul balcone.

Nelle case degli altri, le luci erano spente. Avevo l'impressione che il virus stesse alitando proprio sul nostro condominio. Mi bastava chiudere gli occhi per vederlo soffiare con la sua maschera di sabbia contro le finestre chiuse.

Mi rifugiai nel letto, senza neanche passare dal bagno, e dopo aver trangugiato le cinque gocce di coraggio raccontai alla mamma un nuovo episodio della saga di *Biscotti stellari*. Biscottaccio era ancora in viaggio alla ricerca dei *Perché*, ma da ogni merendina della colazione si sentiva ripetere la medesima cosa: « Il *Perché* è lo stesso per tutti: veniamo al mondo solo per essere mangiati ».

Mia madre non disse nulla e si limitò a rimboccare le coperte, sussurrandomi all'orecchio: « Andrà tutto bene ».

« Sei sicura, mamma? A me sembra che vada malissimo. »

« Il dolore è sempre esistito ed esisterà sempre, Matti. Quella frase non serve a nasconderlo, ma ad attraversarlo. Fidati di me. »

Le dissi di sì per non procurarle un dispiacere, ma mi addormentai con un pensiero orribile: e se al termine di una notte del genere non fossi più riuscito a fidarmi di nessuno?

# L'ASCENSORE

Dopo essere stata una novità, nei giorni successivi la clausura divenne semplicemente la vita.

Sui balconi non si cantava più. La sera, dietro le tapparelle abbassate, intravedevo i lampi azzurrognoli dei televisori. Anche gli applausi erano scomparsi. Da una finestra echeggiava il grido di un recluso che aveva esaurito le scorte di autocontrollo, ma il suo sfogo rimaneva senza risposta. Il pianto lontano di un bambino o il volume troppo alto di uno stereo bastavano a innescare la macchina dell'isteria collettiva.

Sembravamo precipitati dentro un esperimento esistenziale che l'assenza di ore d'aria rendeva ogni giorno più estremo. Nel chiuso ermetico delle case, le persone erano costrette a guardarsi negli occhi, qualcuna addirittura allo specchio, e non tutte reggevano lo sguardo.

Gli appelli dei Saggi a riscoprire i valori perduti avevano aggiunto alla fatica reciproca del sopportarsi il senso di colpa che scaturiva dal non sentirsi all'altezza delle loro prediche. Per quanto alcuni si illudessero del contrario, non si aveva memoria di un'epidemia che avesse intaccato le riserve umane di narcisismo e di cupidigia.

Anche noi di famiglia eravamo mine inesplose, eppure rassegnate a implodere.

Rossana aveva firmato un armistizio con la mamma e riavuto indietro il suo computer, ma trascorreva le giornate stravaccata sul letto e si rianimava soltanto quando sullo schermo apparivano la faccia della sua amica Sofia o quella giuliva di Damiano.

T'ansia si aggirava per casa come se ci fosse sempre stato un incendio da spegnere. Si teneva a distanza da tutti, ma non perdeva di vista nessuno. Anche lei sembrava essersi arresa a quella vita in catene.

L'unico a non accettarla rimaneva Andrei. Si rammaricava che gli uomini, non appena si spaventavano, preferissero anteporre la sicurezza alla libertà. Quando lo incrociavo in cucina, mi guardava come se stesse cercando un alleato per la prossima fuga. Persino in quello eravamo diversi. A me la voglia di uscire era completamente passata.

Mia madre mi mandava in cortile il meno possibile, con la mascherina fin sopra il naso e il divieto assoluto di toccare qualunque cosa, ma io trovavo sempre una scusa per non andarci, e anche le rare volte in cui mi avventuravo dalle parti dell'Albero del Coraggio mettevo la massima cura nel tenermi lontano dal portone. Ero convinto che non lo avrei mai più oltrepassato per il resto dei miei giorni. Mi sarei allenato a farlo solamente con la fantasia.

In casa mi ero fatto prendere dalla smania dell'ordine. Impilavo le mascherine, fino a far combaciare perfettamente tutte le estremità, e mettevo le biro in fila come soldatini. Se Ross appendeva una camicetta all'attaccapanni del bagno, o mia madre appoggiava un libro sul tavolino del salotto, mi affrettavo a togliere di mezzo quelle perturbazioni dell'ordine universale, nascondendole nel primo cassetto a portata di mano. Gli unici che non toccavo erano gli oggetti di mio padre, che pure era il coinquilino che ne disseminava in maggior numero. Prendermi cura delle sue cose avrebbe significato riconoscere che ormai anche lui faceva parte di me.

Il cambiamento d'umore riguardava il mondo intero, ma chi sembrava portarne i segni più di chiunque altro era Carlo. La nonna si pentì definitivamente di avergli assegnato *I promessi sposi* come lettura del mese. I capitoli sulla peste, diceva, avevano allentato le briglie alla sua immaginazione che gli faceva vedere untori dappertutto. E magari fosse stato lui l'unico a vederli.

Una mattina, sulla porta dell'ascensore, apparve un messaggio scritto in stampatello con un pennarello rosso.

Era indirizzato a Caposala.

*GRAZIE PER IL VIRUS CHE CI PORTI DALL'OSPEDALE OGNI GIORNO!*

Rossana mi disse che l'autore del testo lo aveva impreziosito con un paio di parolacce, ma io purtroppo non riuscii a leggerle perché furono le prime che Carlo cancellò con l'alcol.

Sui balconi non si parlava d'altro. Chi era stato? E perché si era accanito contro una persona che faceva del bene?

Secondo mio padre, un'infermiera caritatevole ti commuoveva al telegiornale, a patto che avesse l'accortezza di abitare in un'altra città o almeno in un altro quartiere. Nessun eroe aveva mai riscosso grandi consensi nel suo condominio.

« *Homo homini virus* » divenne la sua massima. E pensare che Vanni Mauro aveva detto che la pandemia ci avrebbe reso migliori.

Dopo le ultime vicende, proprio lui balzò al primo posto nella mia lista degli indiziati, ma Andrei non era d'accordo. Intanto, diceva, era il marito di Caposala, e se avesse voluto scriverle qualcosa di perfido avrebbe potuto farlo direttamente sulle pareti di casa, senza scomodare la porta dell'ascensore. E poi, quale interesse avrebbe avuto a sollevare un polverone proprio alla vigilia della grande rapina al signor Amazon? Questo argomento, dovevo ammetterlo, mi convinceva più del precedente.

Ma chi era stato, allora?

Puff avanzò dei dubbi sul padre della bambina del primo piano, però Andrei mi disse che una persona capace di suonare il violino con tanto sentimento non avrebbe potuto concepire un progetto del genere.

Mi ero tenuto un ultimo nome nella cartucciera dei sospetti: Roma, alias Oreste Di Ponzio, il capo della banda, ma quando mi decisi a spararlo mio padre sorrise storto e mi sfiorò la fronte con una specie di carezza. Aveva la mano gelida.

Il *lockdown* vissuto in solitudine amplificò la naturale tendenza di zia Irene al lamento. Proprio lei che non aveva mai amato le videochiamate era arrivata al punto di cercare mia madre anche cinque volte al giorno.

Si lagnava di non avere nemmeno un'amica e, soprattutto, di non avere più quel fidanzato con le tasche sempre piene di figurine di dinosauri. L'aveva lasciata per un'altra brontosaura, proprio adesso che non era possibile nemmeno andare a sfogarsi al bar con un'amica.

Se mia madre le faceva notare che si era appena lagnata di non averne, di amiche, la zia si soffiava il naso fin quasi a staccarselo e T'ansia allontanava il cellulare dalla faccia, come se gli schizzi potessero raggiungerla.

Per qualche giorno smisero addirittura di sentirsi. Poi zia Irene ricomparve, completamente trasformata. Era successo che, mentre il mondo diventava ogni giorno più pazzo, i pazzi come lei avevano iniziato a godere di ottima salute.

« Sei diventata bionda? Credevo che i parrucchieri avessero chiuso anche a Roma... », la punzecchiò mia madre.

« I parrucchieri sì, ma io no. Mai stata così aperta... alla vita! »

« Notizie di lui? »

« Macché! Comincio a pensare di averla scampata bella. Quando un uomo ti lascia dicendo che il suo problema è che non vuole più farti soffrire, significa che ha smesso di desiderarti. Se mi desiderasse ancora, alla lunga mi farebbe soffrire lo stesso, ma non lo considererebbe affatto un problema. »

« Mi piange il cuore a saperti lì tutta sola », la compatì mia madre nella convinzione di farla felice.

« Adesso siamo tutti soli, no? Non potendo uscire, non devo più nascondermi e riesco a guardarmi allo specchio senza piangere. Altrimenti non sarei riuscita a tagliarmi i capelli... E tu, Tania? Mi sembri così pensierosa. Come procede con Andrei? »

« Ogni volta mi illudo che gli sia scattata una molla e invece... Ti ricordi il suo sogno di un ristorante con un menu tutto di riso, dall'antipasto al dolce? Non dico fosse una cattiva idea, a parte il nome, *Riso amaro*, che sarà stata pure una citazione cinematografica, ma francamente... »

« Ha finito di ristrutturare il locale? »

« Sì, ma lo ha aperto proprio quando il mondo cominciava a chiudere. »

« Il suo tipico fiuto per gli affari. Al tuo posto non lo avrei mai fatto entrare in casa, lo sai. A proposito, il nostro Zeno? »

« Vive sempre a casa della sua mamma. »

« Tesoruccio. »

« Mi ha regalato un anello. In fila al supermercato, molto romantico... »

E mostrò a zia Irene un coso orrendo a forma di cipolla infilato nel pollice. Trasalii. Era la prova che il dito mancante della sua mano apparteneva a Doppia Zeta.

« Non era quello che volevi? »

Pronunciate queste parole, la zia scomparve di colpo. Un problema sulla linea, sentii dire da mia madre. Dopo un minuto, la connessione ritornò e le loro chiacchiere ripresero esattamente dal punto in cui si erano interrotte. Avevano una memoria di acciaio, quelle due.

« Hai detto bene, Irene: lo volevo. Adesso, boh. »

« Sei incontentabile! »

« Non so quanto mi farebbe piacere vederlo girare per casa. I ragazzi, poi... Mattia, specialmente. »

« Affezionato com'è al padre... »

« Spiritosa. E comunque il problema è che piagnucola di continuo. »

« Mattia? »

« No, Zeno. »

« Ma non era lo scoglio a cui aggrapparti nella tempesta? »

« L'alta marea deve averlo mandato sott'acqua. Adesso sembra un mollusco come gli altri. Si lamenta di tutto, peggio di te. »

« Io non mi lamento più. »

« Lui sì. Della scuola che non si sa quando riaprirà, di me che non ci sono abbastanza, della moglie che c'è fin troppo e dei figli che fanno finta di non sentirlo quando parla. »

« I tuoi, invece, ti ascoltano? »

« Non sai che cosa mi ha combinato Ross, in combutta con quel cretino irresponsabile! »

« Me l'ha detto la mamma. »

« Lei sostiene che sono stata troppo dura, ma non si può mica giocare con la vita, eh... Però devo ammettere che Andrei riesce ancora a farmi sorridere. Qualche giorno fa ho trovato un quaderno di Mattia dentro la mia borsa, e sopra ogni pagina c'era scritto a caratteri cubitali *Sono un cretino*. Ho riconosciuto subito la grafia. »

« A suo modo è un personaggio. »

*Già, con i quaderni degli altri.*

« Meno male che c'è il mio Matti », disse la mamma e, affacciandosi sul corridoio, si accorse di me. « Tesoro, vieni a salutare la zia! »

Mi nascosi dietro una tenda.

« Fa il timido », mi giustificò.

« Povero piccolo! », cinguettò zia Irene. « Alle prese con il primo vero trauma della sua vita. »

I grandi la facevano troppo lunga, pensavo. A me non dispiaceva affatto rimanere sdraiato tutto il giorno sul lettone di mia madre a guardare i video dei cinque animali più puzzolenti del pianeta. Se non fosse stato per l'assenza di nonna Gemma e per la presenza dell'Intruso, avrei quasi potuto illudermi di essere finito in paradiso.

« Irene, la settimana prossima liberiamo la mamma. »

« Ho perso il senso del tempo... di settimane non ne sono passate già due? »

« Sì, ma leggevo che in qualche caso l'incubazione ha raggiunto i venti giorni e io non voglio rischiare. »

« Come sta? »

« Sembra ringalluzzita. E pare abbia un pretendente. »

« Ma che cosa dici, Tania? »

*Ma che cosa dici, mamma?*

« Il mio amico di balcone, lo chiama. Ogni mattina le lascia sullo zerbino una lettera anonima con il ritaglio di una terzina della *Divina Commedia.* »

« E come fa a sapere che gliele manda il vicino, se sono anonime? »

« Infatti, ho il sospetto che se le scriva da sola. Non sarebbe la prima volta che si inventa qualcosa di letterario per riempire i vuoti... »

« Nonna, mi racconti delle lettere? »

Alla luce delle ultime rivelazioni, avevo riattivato il telefono a bicchieri.

« Quali lettere, piccinino? »

« Quelle che ti scrive il tuo amico di balcone. »

« Shhh, parla piano... »

« Sei sicura che siano sue? »

« Certo. Non le firma solo per pudore. »

« Che cos'è, il pudore? »

« Una cosa che si è persa, bambino mio. »

Oggi mi viene da pensare che gli uomini lo ritrovino di continuo, visto che ogni generazione ne lamenta la scomparsa.

« E come funziona? »

« Fa diventare rossi e accaldati. »

« Ma quello non è il sudore? »

La nonna rise e mi sentii autorizzato ad approfondire.

« Che cosa ti ha scritto? »

Lei impostò la voce come un'attrice.

« *E quindi uscimmo a riveder le stelle... Puro e disposto a salire a le stelle... L'Amor che move il sole e l'altre stelle.* »

« Ho capito soltanto *stelle.* »

« Dante, amore mio. Il signor Donati ha messo in fila gli ultimi versi dell'Inferno, del Purgatorio e del Paradiso. E tutti e tre finiscono con le stelle. Non è meraviglioso? »

Pensai che questo Dante avesse ancora meno fantasia di mia madre.

« Nonna, se il signor Donati ha il pudore, perché non gliene parli tu delle stelle? »

« E me lo chiedi? Perché il pudore ce l'ho anch'io... »

« Ma tu... al signor Donati vuoi bene? »

« Che cosa ti viene in mente! È un uomo sposato! »

« Tanto la moglie non parla. »

«Ci si può voler bene anche senza parlare, piccinino.»

«Non ci credo. Io non riuscirei a volere bene a Puff, se non mi parlasse.»

«Sai come tuo papà conquistò la mamma? Invece di un discorso, le fece un quadro. Sul muro davanti alla scuola dove lei aveva appena cominciato a insegnare. Disegnò un'eroina dei fumetti, Catwoman.»

«La fidanzata di Batman?»

«Sì, li ritrasse mentre volavano insieme, aggrappati l'una all'altro: Catwoman aveva la faccia di mamma e Batman quella di tuo papà, che sotto il disegno scrisse: *Inseparabili.*»

«Si è visto...»

«Adesso che ci penso, dalla bocca di Batman spuntava la nuvola di un fumetto che conteneva una frase molto bella.»

«Che frase?»

«Vuoi la verità, tesoro? Non me la ricordo più...»

«Allora forse non era così bella.»

«Oh, sì che lo era!»

«E la mamma era contenta?»

«Talmente contenta che poi sei nato tu!»

La mattina dopo mi ritrovai in cucina, alle prese con il solito disegno per il quale continuavo a consumare foreste di fogli. Mia madre stava dirigendo la sua lezione di ginnastica al computer e, tra un piegamento e l'altro, non smetteva di tenere d'occhio Andrei, casomai gli fosse tornata la smania di disegnare per me. Ero stato così stupido da mostrarle quel girotondo di bambini e lei gli aveva proibito di continuare ad aiutarmi.

Anche T'ansia era diventata un riquadro sugli schermi dei suoi allievi e viveva gli appuntamenti quotidiani con la stessa apprensione che riservava a quelli dei figli, l'orologio sempre sotto controllo nel timore di perdere minuti preziosi. Era un'insegnante di ginnastica molto severa. Doppia Zeta sosteneva che gli studenti fossero terrorizzati da lei. Quasi quanto lui.

Quando arrivò il momento di salutare la sua classe per collegarsi con la mia, le chiesi di lasciare perdere. Dissi che cominciavo ad avere nostalgia della scuola in cemento. In parte era vero – non avevo più voglia di trascorrere le mie giornate a guardare le finestrelle su uno schermo illuminato –, ma in parte no: era che non mi andava di sottopormi alla maratona settimanale di aritmetica.

La ricordo come una specie di rito iniziatico. La maestra tirava in ballo i due allievi più scarsi, uno dei quali ero quasi sempre io, e attaccava la macchina della tortura: « Sette per otto, diviso due ».

Non saprei dirvi come, ma riuscii a convincere la mamma a soprassedere. Stava per procedere alla disconnessione quando le suonò il telefono, così Andrei si offrì di farlo al posto suo. Purtroppo quell'imbranato sbagliò tasto e mi ritrovai le faccette dei miei compagni sullo schermo del computer, proprio mentre stava per iniziare la gara.

Il bambino che dava per primo la risposta giusta ne doveva sfidare un altro, e poi un altro ancora, fino allo scontro finale che si basava su un indovinello sadico che avrebbe creato qualche grattacapo anche a Einstein. Quel giorno fu: « Settanta per dodici meno quaranta diviso due moltiplicato per quattro ».

T'ansia era talmente in ansia per me che preferì andare a mettersi in coda al supermercato con Doppia Zeta, non prima di avere intimato a mio padre di tenere la bocca chiusa. Lui mantenne la promessa, nel senso che mi suggerì tutte le risposte con le dita. Immaginate quante ce ne vollero per mimare l'ultima: « Milleseicento ».

Disse di avermi aiutato soltanto perché si era sentito in colpa per aver schiacciato il tasto sbagliato. Solo che adesso si sentiva in colpa per avermi aiutato.

Io invece non mi sentivo in colpa per niente. Per un attimo la scuola al computer mi era sembrata quasi simpatica. In quella di cemento non avevo mai avuto un suggeritore.

Festeggiammo la vittoria con il solito bicchiere di latte freddo: mio padre continuava a rifiutarsi di usare i fornelli.

«Ma è vero che hai aperto un ristorante?», gli chiesi.

«Più che aprirlo, l'ho chiuso», e accompagnò la battuta con una risata che non faceva ridere.

«Ci credo, non sai neanche accendere il gas!»

«Mica sto in cucina, io. Sono la mente. Chi pensi che abbia avuto l'idea del menu a base di riso?»

«Se portano il riso, i camerieri dovrebbero vestirsi da pagliacci.»

«Bravo, Matti, non ci avevo pensato. Magari, quando riapriremo, se riapriremo... Intanto cerchiamo di cavarcela con le consegne a domicilio.»

«Che cosa sono?»

«Se una persona non può uscire di casa per andare al ristorante, è il ristorante che esce per andare in casa di quella persona.»

«Potremmo chiedere a Carlo di lasciarci sullo zerbino le penne lisce di nonna Gemma, così non dovremo più mangiare quelle della mamma.»

Mio padre sorrise.

«La nonna non è un ristorante.»

«E comunque non sarebbe la stessa cosa se a tavola non ci fosse lei a raccontarci che le ha preparate per noi.»

Andrei saltò in piedi e sullo slancio andò a sbattere contro la lavastoviglie.

«Sai che mi hai fatto venire una grande idea?»

«Quale idea?»

Stava per rispondermi, ma si distrasse.

«Guarda, Matti!», e indicò il balcone dei Mauro.

Le tende erano completamente tirate. Un evento piuttosto insolito, a quell'ora.

«Riunione segreta», azzardò. «Corri a prendere il binocolo!»

Appena glielo portai mi spiegò che Vanni Mauro aveva approfittato dell'assenza di Caposala per incontrare una parte della banda. Quasi a volere avvalorare i suoi sospetti, due ombre spuntarono dietro le tende.

«Eccoli! Uno è lui, Torino. E il complice sarà... Firenze... o Bologna.»

Provai un brivido di eccitazione.

«Fammi vedere... Non è vietato andare in casa d'altri?»

«Certo, ma la regola mica vale per i banditi. Loro si spostano per motivi di lavoro, hanno l'autocertificazione.»

«Dici che stanno preparando la rapina al signor Amazon?»

«Probabile. Sono seduti vicini, praticamente appiccicati, e stanno studiando una mappa...»

Gli strappai il binocolo dalle mani e lo puntai

sulla scena del crimine. All'improvviso le due ombre si sovrapposero muovendosi avanti e indietro, e su e giù, senza staccarsi mai.

« Che cosa fanno? », domandai a mio padre, ripassandogli il binocolo.

« Eh, non saprei... »

Andrei aveva appena balbettato uno dei suoi celebri condizionali. Stavolta Vanni Mauro aveva spiazzato anche lui.

« Scendiamo a giocare in cortile? », propose bruscamente.

« Aspetta, ridammelo, voglio vedere quando la smettono con quel su e giù! Secondo me stanno facendo ginnastica per prepararsi alla rapina. »

« Vieni via da quella finestra, per favore! »

« E perché proprio adesso? »

« Dai, Mattia », continuò, « andiamo di sotto a... indagare. »

« Va bene. Metto la mascherina della farmacia o quella di Spider-Man? »

« Spider-Man, direi. Ne avresti una anche per me? »

Rossana aveva appeso a un chiodo della mia stanza la faccia di Hermione Granger, l'amica di Harry Potter. Gliela consegnai senza esitazioni.

Al ritorno dal cortile usciamo dall'ascensore e ci ritroviamo Torino davanti alla porta, in compagnia di una ragazza piuttosto bionda e piuttosto alta: Bologna.

O Firenze?

La complice ha le braccia intorno alla vita di Torino e la bocca appoggiata al suo orecchio. Gli starà sussurrando qualche segreto lunghissimo. Appena ci vede si copre il viso con la mascherina, volta le spalle all'ascensore e imbocca di corsa le scale, non saprei dire se per paura di Spider-Man o dei peli della barba che spuntano dalla faccia di Hermione.

Mi giro verso Torino per studiare la sua reazione, ma lui fa un passo indietro e scompare dietro la porta di casa senza neanche salutarci.

« Era Firenze o Bologna? », domando a mio padre.

« Che cosa? »

« La complice! »

« Ah... Immagino fosse... Bologna. »

Andrei mi sembra rintronato.

« Non mi avevi detto che nella banda c'erano anche le donne. »

« Evidentemente ne hanno fatto entrare qualcuna. Si chiamano pari opportunità... Entriamo, dai. »

Mi viene il dubbio che fin lì mio padre ci abbia un po' marciato con questa storia delle rapine, perché proprio adesso che abbiamo finalmente visto all'opera due banditi in una botta sola gli è passata la voglia di scherzare.

Il tempo di un colpo di tosse e appare mia madre. È salita dalle scale mentre Bologna le scendeva a precipizio.

« Chi era quella ragazza? », chiede.

« Non te lo possiamo dire, mamma. Prima dobbiamo parlarne con la polizia. »

« In effetti scappava come una ladra », sorride. Ho il sospetto che abbia già capito tutto.

« È uscita da lì », dice mio padre, indicando la porta dei Mauro con una smorfia. « Dopo una riunione ravvicinata con il padrone di casa. »

Mia madre abbassa la mascherina e spalanca la bocca come se dovesse inghiottire una medicina.

« Sei diventato anche un guardone? », e nel dirlo trapassa Andrei con un'occhiata delle sue.

Inutile continuare a nasconderle la verità. Le spiego che la ragazza si chiama Bologna e ha fatto ginnastica con Torino per preparare una rapina. Però lei dà l'impressione di non ascoltarmi.

« Da uno come lui non me lo sarei mai aspettato... Non adesso, poi... E non così! », continua a ripetere.

Sembra veramente sconvolta. Basti dire che sono quasi cinque minuti che sta parlando con Spider-Man e la migliore amica di Harry Potter e ancora non ci ha fatto caso.

# CAMERA MIA

Il Mutaforme cambia continuamente sembianze agli occhi dell'eroe. La strega si rivela una fata, l'orco un mago e il principe azzurro un doppiogiochista, ma il mio sconcerto per la trasformazione di Vanni Mauro era ben poca cosa se paragonato a quello di mia madre.

Nel corso della vita avrei scoperto che molte persone di successo sono contenitori vuoti che ciascuno riempie con le proprie ansie o speranze, salvo ritrarsi deluso non appena scopre di averle riposte nel soggetto sbagliato. Più ancora che con Vanni Mauro, mia madre era arrabbiata con sé stessa per averlo creduto diverso da quello che probabilmente era sempre stato.

« Sei sicuro, vero? », la sentivo dire a mio padre.

« Il binocolo non mente. »

« Lo hai spiato dalla finestra?! E la tua fissa per la privacy? »

« Mica ho intenzione di usare quello che ho visto contro di lui. »

« E a sua moglie non pensi? Dovremmo dirglielo. »

« Credi che vorrebbe davvero saperlo? »

Per una volta mi ritrovavo d'accordo con lui.

Non doveva essere piacevole apprendere che tuo marito arrotondava lo stipendio facendo il rapinatore nel tempo libero.

Eppure mia madre non si dava pace.

«Se all'epoca io avessi avuto un'amica sincera, non avrei perso tempo a sperare che tu fossi diverso. Ti avrei immediatamente inquadrato per la bestia che eri. Invece mi è toccato scoprirlo da sola...»

Andrei non ebbe il tempo di controbattere, perché la mamma si accorse della mia presenza e uscì dal tinello.

Non ci capivo più niente. Come mai aveva paragonato mio padre a un bandito? Per quanto fosse pieno di difetti, mi riusciva difficile immaginarlo a svaligiare supermercati.

Una mattina in cortile arrivarono i carabinieri con quattro sacchetti della spesa. Per un attimo pensai fosse tutto vero: che Bologna fosse stata catturata, che avesse fatto il nome di Torino, e che quei sacchetti contenessero la refurtiva.

Scortati da un Carlo piuttosto agitato, i carabinieri si diressero verso le scale e io mi affacciai al balcone per non perdermi il momento dell'arresto, anche se ero convinto che Torino non si sarebbe lasciato prendere tanto facilmente. Ma, anziché fermarsi sul nostro pianerottolo, i carabinieri affrontarono altre due rampe e andarono a suonare al campanello di Sveglia, scatenando un pandemonio canino.

Vi risparmio le congetture che impegnarono la mia testolina nei minuti successivi, perché si dissolsero di fronte a un'immagine che mi è rimasta, indelebile, nella memoria. La strega sul ballatoio, in lacrime e però sorridente, che saluta a mani giunte i carabinieri in lacrime e sorridenti pure loro.

Che cosa fosse successo nella tana di Sveglia fu materia incandescente delle contro-indagini di Andrei, che impiegò il resto della mattinata per venirne a capo. Proverò a riportarvi i fatti essenziali nello stesso modo in cui li avevo capiti allora.

Oltre a cinque cani, Sveglia aveva due figli, i quali a differenza dei cani non abbaiavano mai. Anzi, non parlavano proprio, almeno con lei. Avevano litigato, tanto tempo prima, e da allora si facevano i fatti loro in altre parti del mondo. La strega viveva con la piccola pensione del marito defunto, che si era ulteriormente rimpicciolita. Così, per poter nutrire i suoi cani, aveva cominciato a mangiare sempre meno, e sempre più cose secche e ammuffite.

La chiusura del mondo le aveva tolto i lavoretti di rammendo con cui riusciva ancora a mettere insieme il pranzo del giorno con la cena del giorno dopo. Una volta le era capitato di rattoppare gratis i vestiti di una famiglia che aveva lasciato l'Africa a bordo di un battello per venire ad abitare nella parrocchia del nostro quartiere. Erano state quelle persone a segnalare a don Bartolo che la loro sarta aveva parecchia fame arretrata. A quel punto il parroco le aveva ordinato la spesa al supermercato dei carabinieri.

Quel pomeriggio Andrei venne nella mia stanza. Era la prima volta che vi si avventurava da solo, ma l'evento mi diede meno fastidio di quanto mi sarei aspettato.

« Dobbiamo inventarci qualcosa per la signora dei cani », esordì dopo gli starnuti di rito, a cui Piccipò fu così educato da non replicare.

« La strega, dici? »

« Voglio che tu le mandi una lettera. »

« Non un piatto di penne? »

« Il cibo non basta, campione. Deve sentire che non le stiamo facendo la carità. »

« E che cosa le scrivo? »

« Che ti dispiace di aver pensato che fosse diversa da quello che è. Ma non essere mieloso, perché lei non vuole la tua pietà. Lei ha bisogno della tua stima. Come tutti... »

Piccipò non si perdeva una sillaba. Smise persino di graffiarsi il cono di plastica che ancora gli proteggeva il collo.

Io mi sentivo confuso e al tempo stesso deciso. Un paradosso che avrei sperimentato in altri momenti di svolta della mia vita. Scrissi la lettera su un foglio da disegno, e non fu necessario gettarlo nel cestino: le frasi mi sgorgavano dalla biro come se le avessi tenute sempre lì.

Mio padre telefonò a nonna Gemma per commissionarle un pasticcio di tonno, poi scomparve nel mio bagno e ne uscì con una parrucca arancione e un pomello rosso sul naso: il travestimento di Ross per l'ultimo carnevale.

« La tua idea, ricordi? Infilo il pasticcio della nonna e la tua lettera in un cestino da picnic, e lo vado a consegnare. Il dono portato da un clown procura meno imbarazzo in chi lo riceve. »

« Vuoi che t'accompagni? »

« Ti ringrazio, ma il pagliaccio riesco a farlo benissimo da solo. »

Per quanto sembrasse incredibile, la strega non sguinzagliò i suoi cani contro mio padre e mi scrisse addirittura un biglietto per dirmi che ero un bravo bambino. C'erano discrete probabilità che non mi mangiasse, tanto più che, dopo il nostro pasticcio di tonno, aveva ricevuto risotti e frittate in quantità.

Carlo le portava ogni giorno dell'insalatina fresca raccolta dai vasi del suo davanzale. Si sentiva in colpa per non essersi accorto prima della gravità della situazione e, ogni volta che lo diceva, si tirava delle grandi manate sulla testa.

Il geometra Gotti arrivò a privarsi di quanto aveva di più caro, la sua dispensa di merendine al cioccolato, per farne dono a Sveglia (ma lo vidi infilarsene un paio in tasca mentre gliele portava), e il signor Donati lanciò una colletta condominiale a cui la nonna contribuì con slancio.

L'unico a non partecipare fu Vanni Mauro. Affacciato al balcone, si lanciò in un'invettiva contro l'ipocrisia di chi ricorreva alla carità per lavarsi la coscienza e contro il declino morale ed economico del Paese, di cui attribuì la responsabilità ai politici, specie a quelli di una certa parte che per lui rappresentava il male assoluto.

Il giorno dopo la consegna del pasticcio, Andrei si svegliò di pessimo umore. Aveva sognato di aggirarsi tra i tavoli pieni del suo ristorante, ma appena si avvicinava ai commensali per prendere le ordinazioni si rendeva conto che erano manichini. Allora afferrava un piccone che pendeva dal soffitto e cominciava a fare a pezzi tutto il locale.

Il sogno lo raccontò per telefono a Federica, io mi limitai a intercettarlo con l'Orecchione. A tirarmi giù dal letto di prima mattina era stato il catarro che mi toglieva il respiro come la stretta di una fattucchiera.

Facemmo colazione insieme, e alle nove in punto mio padre accese il computer. Per darsi un tono, si era vestito come quando partecipava a una videoconferenza: in giacca e cravatta, ma sotto aveva i pantaloni del pigiama. Quell'abbigliamento era un po' la sua autobiografia.

Gli chiesi se avesse scuola anche lui e mi rispose con un sorriso amaro che si trattava di una lezione di recupero. Il governo aveva deciso di dare dei soldi a tutti coloro che erano stati costretti dal virus a chiudere bottega. Sarebbe bastato inserire le giuste parole d'ordine e il Ministero del Tesoro avrebbe spalancato a chi ne aveva bisogno tutti i suoi forzieri.

Lo vidi schiacciare più di una volta il tasto *invio* senza risultati apprezzabili, ma, proprio quando sembrava essersi rassegnato, sullo schermo apparvero le credenziali di un certo Luciano.

Si seppe poi che i dati personali di quel malcapitato avevano danzato per tutto il giorno su migliaia di computer. Provai a immaginarmi la sua faccia, ma finivo sempre per specchiarmi in quella sconfortata di mio padre.

« Ti servivano molto, quei soldi? »

« Be', Matti, dal momento che avevano detto che c'erano... Non importa, ne farò a meno. »

« Non li potresti chiedere in prestito al padre di Federica? »

« I soldi della banca non sono mica suoi. Appartengono a chi ce li ha messi. O almeno così dovrebbe essere. »

Emise un lungo sospiro.

« Non è che la banda di Oreste, ripulito il signor Amazon, proverà a svaligiare anche lui? », gli domandai.

« Impossibile, Mattia. Oreste tiene i suoi soldi proprio in quella banca. Hai mai visto un bandito che rapina sé stesso? »

Scoppiai a ridere.

« Ma tu eri così bambino anche da bambino? »

« Ero molto più vecchio, allora. Pensa che a sei anni rubai un foglio di carta da lettere dallo scrittoio di tuo nonno per scrivere un'inserzione. *Compro il primo numero degli album di Superman a qualsiasi prezzo.* Ci aggiunsi nome, indirizzo e numero di telefono, e la spedii al giornale della città. I siti di compravendita che bazzica tua sorella non esistevano ancora.»

«E poi?»

«L'inserzione uscì regolarmente e un paio di settimane dopo citofonarono alla porta di casa. Mio padre andò ad aprire e si ritrovò davanti uno sconosciuto che sventolava dei fumetti di Superman e si dichiarava disposto a sbarazzarsene per uno sproposito. Tuo nonno a momenti sveniva.»

«Te l'ha poi comprato, Superman?»

«No, costava troppo, ma mi regalò un numero speciale di Diabolik per il mio compleanno. Fu così che cominciai a collezionare fumetti. Anzi no.»

«Sì o no?»

«Iniziai sul serio soltanto dopo la sua morte. Mio padre amava le avventure di Flash Gordon, con cui era cresciuto prima della guerra. A me quegli album sembravano anticaglia, ma mettendo in ordine la sua scrivania ne ritrovai uno... Be', Mattia, era bellissimo.»

«Così ti sei messo a collezionare Flash Gordon per far piacere al fantasma del nonno?»

«In un certo senso. Ho capito che non avrei dovuto fissarmi su un solo personaggio, ma sulla bellezza, ovunque si trovasse. Ogni fumetto che ho conservato ha una sua storia. C'è quello che mi ha regalato tua madre quando eravamo fidanzati. Quello che ho preso a modello per imparare a disegnare. E quello che ho comprato a un'asta per una cifra assurda, salvo poi accorgermi che mancava una pagina.»

«Vale tanto, la tua collezione?»

«Non ha prezzo. E sai qual è la cosa veramente impagabile? Quando riprendo in mano un album che avevo letto alla tua età, capisco cose che allora mi erano sfuggite e ne ricordo altre che pensavo di avere dimenticato...»

«Succede lo stesso a me con Puff. Ogni volta che mi ci butto sopra mi sembra di capire tutto.»

«E appena ti stacchi da lui?»

«Ricomincio a non capire più nulla.»

Ci mettemmo a ridere insieme. Gli avevo rivelato uno dei miei segreti più grandi, ma sul momento neanche ci feci caso.

In quei giorni di contagio e disagio, il mestiere di genitore doveva essere ancora più complicato. Consisteva nel mettersi una maschera sopra la mascherina, nel sorridere senza far trapelare l'angoscia e nel tenere alto lo scudo dell'ironia per proteggere i figli dalle radiazioni della paura e da quelle non meno letali della retorica.

Io stavo sempre meno addosso a mia madre, ma era lei a non staccarsi da me, sia pure senza toccarmi. Tra la scuola al computer, i compiti, i pasti e le medicine per la tosse, non mi rendevo conto di risucchiarle così tante energie.

Mio padre, che nei primi giorni aveva provato ad assisterla nelle incombenze domestiche, con esiti discutibili, si era facilmente rassegnato ad assistere e basta, trasformandosi in un pezzo dell'arredamento. Lei lo aveva soprannominato «Andrei sul sofà», perché era quasi sempre lì che lo trovavamo: sul divano del soggiorno, in compagnia dell'iPad.

Povera mamma. Il suo unico momento di stacco coincideva con le mie esplorazioni in cortile, ma da quando avevo tossito quasi in faccia alla bambina del primo piano, e suo padre mi aveva lanciato uno sguardo fulminante dalla finestra, mi ci mandava il meno possibile. Ormai scendevo solo per sgranchire i pedali della bicicletta.

Una volta incontrai Carlo che spazzava le scale, tutto preso da quella peste del Manzoni.

«Come fanno a piacerti i compiti che ti dà la nonna?», gli chiesi.

«Ho scoperto che le cose mi vengono meglio quando ho l'obbligo di farle.»

«Io invece riesco a fare bene solo le cose che mi piacciono.»

«Sempre meglio di chi non riesce a fare nemmeno quelle.»

«Il signore che scrive alla nonna lo fa perché gli piace o perché qualcuno lo costringe?»

«Non so di che cosa parli.»

«Del corteggiatore misterioso.»

«Misterioso?», sorrise.

«In effetti io so chi è. Vuoi che te lo dica?»

«Basta, Mattia. Sono un portinaio, non un pettegolo», urlò a voce bassa come riusciva soltanto a lui.

Una sera – erano le sei, l'ora del bollettino che T'ansia non guardava più – io e mio padre ci chiudemmo con lei in cucina a preparare un cestino per Sveglia a base di funghi e patate.

Il Menu della Cura, lo aveva battezzato Andrei. Su un foglio aveva schizzato un disegno della strega mentre portava a spasso i suoi cani.

« Sono giorni che mi frulla in testa un'idea che mi hai fatto venire tu », mi rivelò mentre chiudeva il cestino. « Le picnic-lettere. »

« Le picnic-che? », si intromise T'ansia, preoccupata che si trattasse di qualcosa di contagioso.

« Immaginate un menu a tema – la Cura, la Nostalgia, il Perdono – accompagnato da una lettera o da un disegno. E immaginate di mettere tutti gli ingredienti dentro un cestino da picnic e di spedirlo in regalo a una persona cara. »

« Che idea strampalata. E poi chi cucina? », domandò mia madre.

« Il festeggiato. Tu gli regali la ricetta e tutti gli ingredienti che servono per realizzarla, nelle giuste dosi. Ma gli regali anche la soddisfazione di prepararsi il piatto da solo. »

« Tu sei matto », insorse la mamma. « Non ti sembra di avere già perso abbastanza soldi dietro le tue fantasie? Un progetto del genere farebbe fatica a decollare in tempi normali. Adesso è semplicemente impossibile. »

« 'Gli innocenti non sapevano che la cosa era impossibile e per questo la fecero', Bertrand Russell. »

« Bertrand Russell non ti conosceva. E comunque tu non sei innocente, tu sei... »

« ... un cretino, lo so. Ma non capisci che è stata proprio questa tua mancanza di fiducia a rovinare tutto? »

« Perché non lo aiuti, mamma? », mi intromisi.

« Non ti sembra che io sgobbi già abbastanza? »

«Potresti convincere zia Irene. Vive a Roma come il ristorante, e conosce tutte le ricette!»

«Irene la Lagna?», sbottò mio padre. «L'unico menu che saprebbe immaginare è quello del digiuno. Però devo riconoscere che scrive e disegna in modo decente. Soprattutto, ha un'agenda di contatti lunga un chilometro.»

«Quando è al telefono con la mamma, però, dice che non ti sopporta!»

Mia madre mi trafisse con il suo sguardo da torturatrice di muscoli, che in palestra le consentiva di infliggere i piegamenti anche agli smidollati.

«Non è vero. Sarà successo una volta. E comunque nella vita si può cambiare idea.»

«Le persone non cambiano», disse Andrei.

«Sei sempre il solito», lo sgridò mia madre. «Non riuscendo a cambiare tu, pensi che non possano farlo neanche gli altri!»

«*Homo homini virus...*»

«Piantala, Andrea, il mondo è migliore di come te lo racconti.»

Quasi a volerla smentire, una voce squarciò la quiete del condominio.

«Vieni fuori e fatti vedere in faccia, se hai il coraggio!»

Sebbene distorto dalla tensione, riconobbi il timbro roco di Caposala.

Uscimmo sul balcone e ben presto ci raggiunse anche Ross. Come avesse fatto a sentire la mamma di

Giulio Mauro dalla sua stanza, con la musica a pieno volume nelle orecchie, rimane un mistero. Certe volte mia sorella compiva delle magie che mettevano i brividi.

A proposito, cominciavo a sentirmeli scorrere lungo la schiena, nonostante facesse caldo e indossassi il terribile maglioncino di lana marrone a rombi gialli che nonna Gemma mi aveva confezionato all'uncinetto prima della clausura. Il giorno dopo l'avrei rivista, finalmente. Nell'attesa avevo nascosto in camera un rotolo di carta argentata. Il mio piano era di avvolgermici dentro per poterla abbracciare in sicurezza.

E per coprire il maglione.

Caposala era appoggiata alla ringhiera, le guance più rosse di una macedonia di fragole e un impermeabile verde pistacchio in discesa libera fino alle caviglie. Tra le mani teneva un cartello molto simile a quello con la scritta «Affittasi» che viveva attaccato alla porta del primo piano. Solo che sul suo c'erano molte più parole e lei le scandì tutte, una per una.

*QUANDO LA SMETTERAI DI INFETTARCI? PORTA IL TUO VIRUS IN ALBERGO, MALEDETTA!*

Mentre lo leggeva, mi sembrò ancora più bella.

«L'ho trovato poco fa rientrando dall'ospedale, era attaccato alla porta di casa con lo scotch. Siamo al secondo avvertimento, dopo quello dell'ascensore. A questo punto vorrei conoscere l'autore!»

Abbracciò con lo sguardo l'intero caseggiato, ma le persiane rimasero chiuse.

Il totale silenzio lasciava dedurre che il cartello, benché scritto da una sola mano, avesse ricevuto l'avallo di tutte le altre. Caposala si passò due dita sulla frangetta, forse per asciugarsi una lacrima che era salita fin lassù.

« Però siete bravi a farmi gli occhi dolci quando mi incontrate sulle scale e mi chiamate Eroina! Eroina 'sto... » (con uno scatto da ex atleta, mia madre riuscì a piazzare le mani sopra le mie orecchie a mo' di padelle, per cui non sentii la parola successiva, anche se già allora la conoscevo piuttosto bene).

« La smetta con i luoghi comuni! »

Sul balcone del primo piano era apparso il padre di Tea.

« Non ho scritto io quei messaggi, ma ne condivido il senso. Lei lavora in prima linea e ne dovrebbe trarre le conseguenze. I soldati in guerra dormono nelle trincee, non a casa propria! »

Mi sarei aspettato che Vanni Mauro, per quanto impegnato nei preparativi della rapina, si precipitasse in soccorso della moglie. E invece fu mia madre che strizzò gli occhi a fessura in direzione dell'accusatore.

« Come si permette di criticare una donna che lavora sedici ore al giorno per salvare la vita delle persone, quando lei passa il tempo stravaccato su un divano a suonare il violino? »

« Disgraziatamente non so suonare, signora », le rispose il padre di Tea. « So soltanto dire le verità che gli altri preferiscono tacere. »

Vidi mio padre ergersi sul ballatoio come una montagna.

« La dottoressa non va a dormire in albergo per la semplice ragione che nessuno dei cosiddetti responsabili di questo Paese ha creato le condizioni per mandarcela. » Quando si indignava, Andrei estraeva un linguaggio forbito, come un avvocato vero. « E le assicuro che osserva scrupolosamente tutte le misure di igiene previste, anche qualcuna di più. Mi auguro che si possa dire altrettanto di lei. »

« Di me, sicuramente. Non di suo figlio, temo, visto che l'altro giorno ha tossito in faccia alla mia bambina. »

« Non era un colpo di tosse vero e proprio, e poi mia moglie ha preso tutte le precauzioni affinché l'episodio non si ripeta. Ma prima di tirare in ballo mio figlio, lei dovrebbe sciacquarsi quella bocca cariata che si ritrova, è chiaro? »

« Basta, Andrea, torniamo dentro », lo implorò mia madre, mentre Rossana lo guardava estasiata, come se fosse stato un incrocio tra un rapper e il preside barbuto di Harry Potter.

Io non ci capivo più niente, se non che mio padre mi aveva difeso – mio padre, dico – e che avevo tanto freddo, troppo freddo, e così rientrai in casa.

Ho un ricordo ovattato di quello che accadde dopo: un piatto di pasta alla colla senza sapore, la testa così pesante da non restare dritta e il bisogno di tuffarmi addosso a Puff per trovare un po' di calore.

Quando mi spostai sul letto, mi montò un bisogno disperato di chiamare mia madre, ma mi accorsi di non averne la forza, mentre le ombre intorno a me cominciavano a dilatarsi e ad assumere forme strane. Mi parve di vedere persino quella di un orso.

« La mamma ha da fare. Ti va se stasera le gocce di coraggio te le metto io, campione? »

Mio padre impiegò un tempo infinito per capire da che parte andava aperta la boccetta, ma alla fine riuscì a rovesciare una goccia sotto la mia lingua e le altre quattro sulla federa del cuscino.

Io non avevo sonno, eppure non vedevo l'ora di dormire.

« Ma è vero che ogni sera racconti una storia alla mamma? »

« Te lo ha detto lei? », replicai a fatica.

« Solo il titolo. *Biscotti stellari*. Notevole. Vuoi raccontarla anche a me? »

« Non me la ricordo... »

« Non ci credo. A che punto sei arrivato? »

« Biscottaccio è... in cerca di... un *Perché* », non riuscivo più neanche a trovare le parole, « ... e scopre che il drago Spalmaburro... il cattivo... in realtà è... »

« ... suo padre, ovvio. E non è un vero drago, tra l'altro, ma uno strudel. »

« Veramente... è una fetta biscottata. »

« Te lo ha fatto credere lui, ma ti garantisco che è uno strudel. Con i pezzetti di mela, l'uvetta e tutto il resto. Si è trasformato in un drago per poter volare via dal tavolo della colazione. Devi capirlo: non si sentiva felice nei panni dello strudel. Ma adesso è cambiato ed è disposto a tutto pur di farsi perdonare. Persino a farsi mangiare.»

«Farsi mangiare... è il *Perché*?»

«Non credo proprio, campione, ma devo ancora capire bene...»

La sua voce venne coperta da quella di una sirena.

D'impulso mio padre mi accarezzò la fronte, ma ritrasse subito la mano come se l'avesse appoggiata su un piatto di minestra appena uscito dal microonde.

«Matti, sei bollente! Vado a chiamare la mamma!»

La sirena sembrava sempre più vicina. Il mio ultimo pensiero fu che la bocca del virus stava venendo a inghiottire anche me.

# LA CAMERA DEL VIRUS

Seduta sulla punta del letto, mia madre dava l'impressione di poter cadere da un momento all'altro. Mentre aspettava il responso del termometro, si mordeva il labbro inferiore come se fosse stato una caramella mou. Quando si trasformava in T'ansia, finiva sempre per mordersi da qualche parte.

Trentanove e nove.

La cifra tonda avrebbe fatto ancora più effetto, ma anche così era una febbre niente male.

La mamma consultò al telefono il dottor Ferrari, che le dettò una sfilza di medicine con nomi da elfi: finivano tutte per Olan, Oxin e Idil. Su consiglio di nonna Gemma, mi infilò due cipolle nei calzini, però la febbre digerì anche quelle e continuò a salire. Avevo la sensazione che il virus mi stesse masticando con i suoi enormi denti di sabbia. Per questo vedevo tutto appannato.

La settimana che seguì mi torna alla memoria come un ricordo unico e informe, un lungo giorno incapace di decidere in quale notte cadere.

L'abbraccio con la nonna venne rinviato a data da destinarsi. O da cestinarsi? Smisi di mangiare, e facevo fatica anche a bere. Ogni tanto mi sembrava di vedere ai piedi del letto le facce preoccupate di Ross e Andrei. La mamma piantò le radici nella mia stanza e tutte le volte che mi riscuotevo dal torpore la sentivo parlare al telefono di medicine e punture.

Detestavo le medicine quasi quanto il ghigno di Giulio Mauro, però le preferivo di gran lunga alle punture. Nel delirio della febbre pensai che, piuttosto che farmi infilzare da una siringa, sarei stato disposto a trasferirmi anch'io in Toscana.

Poiché la temperatura non scendeva, il dottor Ferrari decise di farmi ricoverare in ospedale. Appena sentii pronunciare da mia madre la parola « tampone », la costrinsi a giurare su Puff che non si trattava di una puntura.

Fu Andrei a portarmi in braccio fino al garage, che ricordava a entrambi un'avventura finita male. Mi depositò sul sedile posteriore con una delicatezza che non gli conoscevo, neanche fossi stato uno dei suoi fumetti.

Mia madre mi avvolse nella coperta preferita di Ross, quella blu e rossa con i fantasmi disegnati sopra: gliel'aveva data lei, apposta per me. Poi mise in moto e rischiò di investire mio padre, che inseguì la macchina fino alla strada. Lo rivedo ancora mentre sventola la mano come se impugnasse uno scacciamosche invisibile.

Mi sentii improvvisamente importante e desideroso, al tempo stesso, di non esserlo. Uno stato d'animo simile a quello delle recite di fine anno, quando la mamma si metteva in prima fila per riprendermi col cellulare, Andrei la raggiungeva in ritardo e mi cercava sul palco in mezzo agli altri bambini e io, vedendoli insieme, mi illudevo di poterli rendere ancora felici. Forse è per questo che non mi è mai piaciuto sentirmi al centro dell'attenzione, ma poi quando gli altri non mi ci mettono un po' mi dispiace.

Mi dispiace molto, a dirla tutta.

Sdraiato e con gli occhi chiusi, sopportai la guida a scatti di mia madre fino all'ospedale e la sua voce da sorbetto al limone che mi intimava: « D'ora in avanti non toccare più nulla! »

Anche volendo, non potrei. Tengo le braccia strette intorno alla coperta di Ross. So che, se dovessi perderla, mia sorella ne userebbe un'altra per soffocarmi.

I medici all'ingresso sono intabarrati come nel film di E.T. che avevo sbirciato in salotto prima di ammalarmi. Controllo che non abbiano siringhe tra le mani.

Raggiungiamo il pronto soccorso dei bambini, dove una donna protetta da uno scafandro mi dice: « Benvenuto a bordo! »

Mia madre mi stende su un lettino pieno di ruote che vanno ciascuna per conto proprio e mi tiene la mano fino alla stanza in cui forse riuscirò a dormire.

Mi prendono la temperatura con un apparecchio che si accosta alla fronte senza toccarla. La febbre è scesa a trentasette e sette, regalandomi sufficiente lucidità per intimare all'infermiera: « Qualunque cosa dica mia madre, io sono allergico alle punture ».

Mi trovo nella camera del virus, dove tutto è verde, anche i muri e le mascherine dei dottori che mi scrutano da sopra il lettino.

« Adesso faremo il tampone », mi anticipano, tanto per mettermi di buonumore. « Torneremo tra un attimo, va bene? »

Non va bene per niente, ma mi sembra che sottolinearlo sia da maleducati, così mi invento un sorriso.

« Tuo figlio sorride ai medici, è un ometto coraggioso... Ci hanno messo in una stanza isolata... Non posso neanche uscire in corridoio. »

Mia madre parla sottovoce al telefono, ma io riesco a sentirla perché ormai mi è venuto un udito da pipistrello. Forse sto diventando uno di loro.

« Andrea, ho dimenticato di disdire la mia lezione di domattina. Se ti girassi la mail della scuola, potresti farlo tu? »

Mi chiedo perché non lo abbia chiesto direttamente a Doppia Zeta. In mezzo ai colpi di tosse, emetto un sospiro. Ho poche certezze nella vita, ma una è che mio padre si dimenticherà di mandare quella mail, fornendo un pretesto alla mamma per il prossimo litigio.

In quel momento entrano due astronaute.

« Apri bene la bocca », dice la prima, afferrando un bastoncino con l'intenzione evidente di ficcarmelo da qualche parte.

« Non sentirai nulla », aggiunge la seconda, e intanto la sua complice mi infila quel coso nella gola.

Per un attimo mi manca il respiro, ma appena penso che il peggio sia passato mi ritrovo un altro bastoncino nel naso.

È davvero troppo. Ricomincio a tossire, e le vedo indietreggiare tutte, tranne mia madre: « La bocca nel gomito, Matti! »

« Domani avremo i risultati », le annuncia la specialista dei bastoncini. « Nel frattempo abbiamo deciso di modificare la terapia. »

Dal nascondiglio segreto del suo camice estrae una spada di *Star Wars* e me la pianta nel polso destro, lamentandosi dei guanti che le rendono difficile l'operazione.

Sto per esplodere in un pianto memorabile, ma incrocio lo sguardo angosciato di mia madre e trangugio le lacrime. Però commetto l'errore di spostare gli occhi sulla pelle del braccio, e mi imbatto in un ago che, per quanto io tiri, non viene più via. Saluto il mio coraggio e svengo.

Le astronaute dissero alla mamma che mi ero appisolato e glielo lasciai credere. Quella sera bastò che mangiassi un pugno di riso bianco e tre ciuffi di spinaci al burro per far rifiorire il sorriso sul suo volto. Nulla rende felice una madre come vedere le mandibole del figlio in azione.

Quando finalmente si spensero le luci, non riuscii a prendere sonno. L'atmosfera dell'ospedale mi rendeva inquieto: i *bip* dei macchinari, il pianto senza tregua di un bambino da una stanza lontana, la consapevolezza che T'ansia era rannicchiata sulla poltrona accanto al letto in compagnia dei suoi pensieri. A ogni mio attacco di tosse, la sentivo fremere di paura.

Fu una notte da diavoli, ma il nuovo giorno portò in dono una notizia angelica. Appena dissero a mia madre che il tampone aveva dato esito negativo, vidi l'ombra del virus scappare dai suoi occhi stanchi.

« Sembrerebbe una broncopolmonite, ma bisognerà farne un altro, è la prassi », spiegò una dottoressa, e io mi stavo chiedendo quale altra malattia sconosciuta fosse questa prassi, quando mi sentii salutare da una voce inconfondibile, una via di mezzo tra un ruscello di montagna e lo sbattere d'ali di un airone.

Caposala.

La madre di Giulio Mauro lavorava nel reparto accanto ed era venuta ad accertarsi che non mi maltrattassero troppo.

« Tu sei il maschietto più coraggioso del condominio, vero? »

Fu facile risponderle di sì, dal momento che l'unico altro a disposizione era quel coniglio in retromarcia di suo figlio.

Appena la vide, mia mamma si agitò ancora di più.

« Che momento allucinante... per tutti. »

Caposala arretrò di un paio di passi e si tolse la visiera di plastica per far prendere una boccata d'aria agli zigomi. Aveva due enormi borse sotto gli occhi e guardò mia madre come se fosse stata il suo specchio.

« Tania, mi preoccupi. Sembri più sbattuta tu di tuo figlio. »

« Dovrei parlarti di una cosa importante, ma non qui: lo faremo a casa con calma. »

Immaginai che non dovesse essere facile raccontare a un'amica che il marito aveva approfittato della sua assenza per trasformarle l'appartamento in un covo di banditi. Per ogni evenienza, attivai le orecchie da pipistrello.

« So già che cosa mi vuoi dire », rispose Caposala con lo stesso umore che ostentavo io quando mia madre mi urlava che era pronto in tavola. « E ovviamente sono più sconvolta di te. »

Lo sapeva già! E allora perché non aveva ancora avvertito la polizia? Pensai che il marito avesse minacciato di far sparire lei o Giulio Mauro, ma nel secondo caso le avrei suggerito di denunciarlo lo stesso, e pazienza per Giulio Mauro: nei film d'azione li chiamavano « danni collaterali ».

« Non me lo sarei mai immaginato, Tania. Non da lui. »

« Ti capisco. Una persona così... ma così... », farfugliò mia madre. « Possibile che tu non abbia mai avuto nemmeno un sospetto? »

« Mai. »

« Eh, cara, sai che cosa si dice in questi casi? Le vittime sono sempre le ultime a sapere... Quando è successo a me con Andrea... »

« Ma dai! Anche lui ha mandato dei messaggi anonimi? »

Non ci capivo più niente, e secondo me neppure loro.

« Ah, tu stai parlando delle scritte... »

« E di che cosa vuoi che parli, Tania? Grazie ancora per avermi difesa sul balcone, però quell'arrogante del primo piano non c'entra nulla. »

« Perché in realtà è stato... »

« Il signor Donati, certo. Ma tu da chi l'hai saputo? »

La mamma disse la prima bugia della sua vita: « Io... be', un po' da tutti... E tu, invece? »

« Direttamente da lui. Ieri mattina mi ha aspettato in cortile, sotto quell'albero striminzito che piace tanto a tuo figlio. Voleva confessarmi di aver scritto entrambi i messaggi. Non capiva che cosa gli fosse successo. Era terrorizzato per via della moglie. Sai che ha l'Alzheimer, no? Fragile com'è, mi ha detto, ha paura che si prenda il virus e che poi nessuno la curi. Gli ho promesso che, nel caso, me ne occuperei io. Non la finiva più di scusarsi e di ringraziarmi. »

« Non serbi rancore? »

« Tania, ieri ho chiuso gli occhi a una donna che non parlava a sua figlia da anni. Prima di andarsene, mi ha pregato di farle sapere che la perdonava con tutto il cuore. Dopo quello che ho visto qui dentro in queste settimane, il rancore è una perdita di tempo che non mi posso più permettere.»

Caposala mi salutò da lontano, si rimise la visiera di plastica sopra le occhiaie e tornò in reparto.

Sentii mia madre mormorare: «Glielo devo dire, glielo devo dire per forza».

Il secondo tampone andò persino meglio del primo, ma quel giorno mi rimase nella memoria soprattutto per un altro motivo. A partire dall'ora di pranzo, il telefono di mia madre cominciò a riempirsi di messaggi dei suoi studenti. Lei li scorreva stupita e continuava a borbottare: « Che cos'ha combinato tuo padre? »

Avrei voluto tanto saperlo anch'io, ma mi addormentavo di continuo per colpa delle medicine, così seppi la verità a rate, nei giorni successivi.

Come ampiamente previsto, Andrei si era dimenticato di avvertire la scuola che mia madre non avrebbe potuto svolgere la sua lezione. Non avendo sue notizie dal giorno prima, Doppia Zeta l'aveva cercata al telefono, che però in ospedale non sempre prendeva. Allora aveva chiamato mia sorella per sapere come mai la mamma non rispondesse, ma proprio in quel momento mio padre era entrato nella camera di Ross e le aveva detto di avviare comunque la connessione: avrebbe letto lui ai ragazzi un messaggio da parte della loro insegnante.

Agli studenti in tuta che si chiedevano chi fosse l'uomo con la barba troppo corta o troppo lunga che era apparso sui computer, spiegò di essere il marito della professoressa di ginnastica e di non avere un messaggio da leggere, ma una storia da condividere.

I ragazzi non lo degnarono di particolare attenzione, finché una di loro, una biondina con lo sguardo da condottiera, dal suo rettangolo di schermo intimò: «Ascoltiamolo!»

Mio padre la ringraziò e cominciò a raccontare di quando era stato a cena con un campione vecchio e famoso, e gli aveva chiesto quale fosse il segreto che gli permetteva di sconfiggere avversari tanto più giovani e forti di lui.

Quell'uomo doveva tenerci parecchio al suo segreto, perché prima gli aveva detto che non esisteva e poi che avrebbe preferito non rivelarlo. Ma al terzo bicchiere di vino Andrei era riuscito a farglielo sputare.

Durante la gara, aveva detto il vecchio campione, arriva per tutti il momento in cui ci si affloscia come una bandiera dimenticata dal vento. Era lì che i suoi avversari mollavano la presa. Lui invece chiudeva gli occhi e diceva a sé stesso: «Adesso ti arrendi, ma non è ancora adesso. Prima devi contare fino a cinque...»

*Uno*

*Due*

*Tre*

*Quattro*

*Cinque*

Nel riaprire gli occhi, sentiva di nuovo il vento

soffiare sui suoi muscoli e gli rifioriva in cuore la voglia di combattere. Aveva oltrepassato il confine che in ognuno di noi separa ciò che crediamo di essere da ciò che potremmo essere, se solo ce lo ricordassimo.

L'ho riassunta in breve, ma alla Regola del Cinque mio padre dedicò l'intera lezione. Tra i tanti progetti interrotti della sua vita c'era stato il sogno di diventare un giornalista sportivo. Con la sua pigrizia, avrebbe potuto gareggiare al massimo come lanciatore di coriandoli, ma l'epica dell'agonismo lo aveva sempre affascinato. Per lui i campioni erano i degni eredi dei supereroi che popolavano il mondo dei fumetti.

La lezione di Andrei fu discussa nelle chat della scuola. Qualche genitore storse il naso, ma gli studenti intasarono di messaggi entusiasti il telefono di mia madre. La biondina con lo sguardo da condottiera le scrisse per dirle che aveva cominciato ad applicare la Regola del Cinque, e che funzionava.

Rinchiusa con me nella camera d'ospedale, la mamma si dibatteva tra sentimenti contrastanti. La sentii sgridare mio padre al telefono per quell'ennesima esibizione strabordante del suo ego, eppure una parte di lei era ancora affascinata da un uomo tanto imprevedibile, che possedeva l'arte rara di trasformare la vita in magia.

Me ne resi conto durante una delle sue telefonate con Doppia Zeta: per quanto mia madre tenesse una mano davanti alla bocca e voltasse il viso verso la finestra, riuscii a non perdermene una parola.

«Zeno, lo so benissimo che ha sbagliato... Come dici?... La circolare ministeriale vieta di... Ma certo... Hai visto però come lo hanno apprezzato, i ragazzi? La Regola del Cinque, poi, che matto! Pare che funz... Non lo sto difendendo! Però devi riconoscere che ha insegnato qualcosa anche a noi... A te non ha insegnato niente, va bene! Vedo che oggi siamo permalosi. O gelosi? Scherzo, Zeno... Hai idea di dove sono? Concedimi almeno il diritto di... Sì, te lo prometto! Dammi il tempo di uscire di qui e... Ti ho detto di sì, spedirò Andrei con la catapulta a Roma dalla sua Federica, sempre ammesso che se lo riprenda.»

In quel momento entrò un'infermiera con l'ultimo referto. La tosse era sparita dietro alla febbre che l'aveva preceduta di qualche giorno. Si poteva tornare a casa.

Mia madre sorrise e mi chiese il perché della mia faccia triste.

Le risposi che mi ero affezionato all'ospedale, ma la verità non gliela dissi perché era ancora più incredibile. Mi stavo affezionando a mio padre, e non volevo più che lei lo mandasse via.

# IL SOGGIORNO E LA CAMERA DI ROSS

Dopo avere ucciso il drago nella caverna, l'eroe intraprende il cammino verso casa e avanza pretese sulla ricompensa.

Non sono mai stato un eroe particolarmente pretenzioso e anche allora l'unica ricompensa che reclamavo era un po' di attenzione.

Il pranzo di Pasqua ci riunì finalmente intorno al tavolo di nonna Gemma e io mi sarei aspettato di occupare il centro della scena. Ero l'unico della famiglia a essere finito in ospedale ai tempi del virus, uscendone indenne nonostante gli aghi.

Invece, fin da subito la parte del protagonista se la presero le lasagne della nonna, che nei piatti avevano trionfalmente soppiantato le penne lisce. Al supermercato si potevano trovare di nuovo tutti i tipi di pasta, « ma molte meno persone che se li possono permettere », chiosò mio padre, che certe volte sembrava divertirsi a seminare malumore.

Nonna Gemma mi aveva accolto come un sopravvissuto. Non potendo abbracciarmi – T'ansia mi aveva proibito di avvolgermi nella carta argentata – mi girava intorno e batteva le mani. Aveva conservato il suo odore di pane, anche se dovevo annusarla a distanza di sicurezza.

Per il resto della comitiva la mia guarigione non rappresentava già più una novità, a differenza delle imprese di zia Irene collegata in remoto dalla Capitale. Dopo averla sminuita davanti a mia madre, Andrei l'aveva coinvolta nell'affare delle picnic-lettere ed era stato ricambiato oltre ogni aspettativa. In pochi giorni la zia aveva venduto quasi cento cestini. Però io ero appena tornato da un ospedale. Un ospedale! Possibile che non contasse già più?

Tutti impazzirono definitivamente prima del dolce, quando iniziarono a farsi i complimenti a vicenda, con mio padre che ringraziava la zia per l'impegno e la zia che ringraziava mio padre per la fiducia. Quanto alla mamma, non so bene chi ringraziasse, ma di certo guardava Andrei in un modo diverso. Come se di colpo le fosse diventato simpatico, proprio adesso che aveva promesso a Doppia Zeta di cacciarlo di casa.

Sarà che io non avevo nessuno in particolare da ringraziare, però mi stufai in fretta di quei salamelecchi e chiesi alla nonna di accompagnarmi sul balcone a guardare le stelle.

«Ma sono le due del pomeriggio, piccinino», protestò.

«Vorrà dire che guarderemo il sole.»

«*Lo ministro maggior de la natura, che del valor del ciel lo mondo imprenta e col suo lume il tempo ne misura...*»

«Nonna, stai bene?»

«La descrizione del sole, Mattia, decimo canto

del Paradiso. Me l'ha mandata... lui», e indicò il balcone accanto al suo. «'Anche il sole è una stella', mi ha scritto.»

Morivo dalla voglia di rivelarle che il signor Donati aveva la fissazione dei messaggi anonimi – a lei spediva i paroloni e a Caposala le parolacce –, ma mia madre mi aveva fatto giurare su Puff di non dirlo a nessuno.

Fortuna che la nonna cambiò subito discorso per raccontarmi dell'esistenza di una stella speciale, che proprio in quelle notti si sarebbe affacciata sui nostri cieli. Si chiamava Cor Caroli e sembrava uno scioglilingua, ma voleva soltanto dire Cuore di Carlo in latino.

«Sai, piccinino, Carlo è il nome di un re.»

«E di un portinaio», aggiunsi io.

Gli altri ci avevano raggiunti sul balcone. Si tenevano talmente a distanza l'uno dall'altro che finivano per occuparlo tutto.

La nonna si sbracciò a salutare i signori Mauro, che ricambiarono il gesto – Caposala aggiunse anche un sorriso – prima di scomparire di nuovo dietro le tende.

«Bella coppia», commentò nonna Gemma.

«Bellissima, come no...», sogghignò mia madre.

«Perché quel tono, Tania?»

«Niente, nonna, non ti immischiare», intervenni io. «È una storia pericolosa. Abbiamo scoperto che suo marito ha...»

«... una seconda vita», tagliò corto mia madre.

« Una fidanzata? », insistette la nonna.

« Quello sarebbe niente », ripresi io. « Anche mio padre ne ha una. Abbiamo scoperto che lui è... »

« ... un rapinatore! », concluse Andrei, e a Ross scappò di bocca un pezzo di meringa.

« Ma che cosa ridi? », mi offesi. « Si fa chiamare Torino e svaligia supermercati. Abbiamo conosciuto anche Bologna, la complice. Torino è furbo, la riceve in casa per fare ginnastica solo quando Caposala va in ospedale... Stanno preparando una super rapina, ma non possiamo dirvi di più. »

« Forse il di più bisognerebbe dirlo alla moglie », borbottò mia madre, « prima che le svaligino definitivamente la camera da letto... »

« Hanno altri piani, mamma, te l'assicuro. »

Rossana aveva smesso di ascoltarci. Sugli occhi azzurri di mia sorella era calato il sipario. Li teneva incollati al cellulare, ma era come se non vedesse più niente. Rientrò dentro e scomparve subito di sotto, senza salutare nessuno.

Scendemmo anche noi e venimmo accolti da un frastuono che proveniva dalla sua camera, dove la placida Ross si era trasformata nell'erinni di una tragedia greca: passeggiava avanti e indietro tra il letto e la scrivania, ascoltando musica rap a un volume insostenibile per qualsiasi orecchio umano.

« Potresti abbassare? », urlò mia madre.

« Il virus non ci ha reso migliori, mamma! »

« Bella scoperta », disse mio padre, che provò a fermarla, ma Rossana si sottrasse all'abbraccio e scappò in corridoio, inseguita da tutti.

« Damiano è uno stupido! », continuò, sempre rivolta a nostra madre. « E tu sarai contenta. Ripeti sempre che non bisogna fidarsi degli uomini! »

Andrei provò a dire qualcosa in difesa della categoria, ma nessuno gli prestò attenzione.

« Potresti spiegarmi che cosa...? », riprese la mamma.

« Abbiamo fatto un po' gli scemi e... »

« In che senso? »

« Stamattina mi ha scattato una foto, dove facevo delle smorfie che avrei voluto vedesse soltanto lui, e invece... le ha mostrate a tutti! »

« Tutti chi? »

« Doveva essere un gioco, mamma. E la colpa è anche tua che non mi lasci uscire! »

« Non ci sto capendo nulla. »

« Damiano ha fatto un post con quell'immagine. Pensa quanto è deficiente: voleva essere una dichiarazione d'amore. E anche se subito dopo si è pentito e l'ha tolto, ormai l'avevano visto tutti. »

« Ma tutti chi? »

« I nostri amici, mamma. La mia cara Sofia ha scritto che sono una... Dai, c'è Mattia, non mi va di parlarne. »

« Matti, vai di là. »

« Non ci penso proprio », risposi.

« Andrea, porta tuo figlio in camera sua, per favore. »

« Non drammatizziamo », disse lui. « Che cosa è successo, alla fine? Un gioco, una foto, qualche messaggio... Stupidaggini. »

« Ha parlato l'esperto », lo schernì mia madre.

« Damiano mi ha tradito, papà. Non lo perdonerò mai. »

« Ma se fino a mezz'ora fa era il tuo principe azzurro! »

« Lo era, poi ha perso tutto l'azzurro e ora non è più neanche un principe. Sarai contenta, adesso? », esclamò, rivolta alla mamma.

« E perché dovrei? »

« Potrai seppellirmi dentro la mia stanza per sempre! »

« Non ti sembra di esagerare? », disse persino Andrei.

« No, papà. Mi sta col fiato sul collo perché ha paura che io faccia la sua fine! »

« Che cosa? », ringhiò mia madre.

« Alla mia età tu ti sei rovinata la vita mettendo al mondo me. »

« Veramente di anni ne aveva ventidue », precisò mio padre.

« Non mi hai rovinato proprio niente », disse la mamma.

« Se io non fossi nata tu saresti andata alle Olimpiadi e oggi magari alleneresti la nazionale! »

« Andrea... vuoi deciderti a portare tuo figlio di là!? »

Non ci avevo capito quasi niente. Soprattutto non riuscivo a capire perché i suoi amici avessero preso in giro mia sorella. Lei non aveva mica i denti da coniglio come i miei.

Mezz'ora dopo, Andrei e mia madre erano seduti intorno al tavolo del tinello. T'ansia si mordeva il pollice della mano sinistra, quello senza cipolla, e si reggeva la testa con l'altra. Io ero nascosto nel corridoio con il registratore e l'Orecchione, schierati in coppia per la prima volta.

« La colpa è mia. Non avrei dovuto restituirle il computer! Ci mancava solo il cyberbullismo... »

Riascoltandola oggi, ricordo che quella parola misteriosa mi fece pensare a una malattia.

« Tania, il ragazzo le voleva fare una dichiarazione d'amore. »

« Sarà, però capisco la reazione di mia figlia. »

« Per fortuna sui social la cattiveria si stufa in fretta e va subito in cerca di nuovi bersagli. »

« Certe cose non si dimenticano. »

« A meno che non vengano cancellate da un gesto indimenticabile. »

« Sei sicuro di questa idea che ti è venuta? Io mi vergogno, Andrea. Non sono come te. »

« Telefona a Damiano e spiegagli che cosa abbiamo in mente. »

« Continuo a non capire perché dovremmo farlo. »

« Perché è tua figlia e per lei faresti di tutto. Anche rinunciare alle Olimpiadi. »

Durante la notte, sognai Torino e Bologna in giro per una Milano deserta, con indosso guanti e mascherine da ladri. Si arrampicavano sul nostro balcone, entravano in casa e aprivano la porta della mia camera per fare entrare il capo, Oreste Di Ponzio, un mostro con la pancia a fisarmonica e un lampeggiante sul naso.

Mi svegliai di soprassalto e scendendo dal letto schiacciai qualcosa nel buio. Piccipò emise una litania di miagolii, confermando la sua natura scorbutica, che si manifestava soprattutto quando qualcuno gli pestava la coda mentre dormiva.

Tornato il silenzio, ne ebbi paura e uscii dalla stanza per andare a infilarmi sotto le coperte di mia madre.

Trovai le coperte, ma non mia madre. Allora mi spostai in salotto, ma era vuoto anche il divano letto di Andrei. Mentre stavo per bussare alla porta di Ross, mi accorsi che la luna piena illuminava la finestra che dava sulla strada.

I miei genitori erano là fuori, accovacciati sull'asfalto come due ragazzini. Impugnavano dei gessetti colorati e stavano finendo di scrivere una frase.

*l'amore non ha un perché*
*l'amore è il perché*

Mi colpirono tutti quei perché senza neanche una maiuscola. Come se avessero voluto sussurrarli.

In realtà una maiuscola c'era: la firma che se ne attribuiva il merito.

*D.*

E c'era anche qualcos'altro.

*P.S. Perdonami Ross*

La mattina dopo, mia sorella venne a svegliarmi di ottimo umore.

« Guarda giù », disse.

« Quel Dante si è stufato della nonna e ha cominciato a scrivere a te, sai che roba. »

« Non essere geloso, Matti. Hai idea di quanti chilometri e quanti reati ha fatto Damiano per venire fin qui? »

Stavo per rivelarle che Damiano non c'entrava niente, ma mi fermai in tempo.

« Hai fatto bene », si congratulò mio padre, appena glielo raccontai. « Non bisogna dire sempre tutto alle persone che ami. »

I giorni successivi furono i più sereni dell'intera clausura. I miei genitori smisero di ignorarsi, come se la loro bravata notturna avesse riacceso un ricordo sopito ma mai del tutto spento, mettendo le basi, se non per una pace improbabile, almeno per un armistizio. Rossana cominciò a chiamarli i Promessi Divorziati.

I pranzi e le cene rimanevano una faccenda individuale, ma il salotto tornò a essere uno spazio comune. Adesso guardavamo la televisione l'uno accanto all'altro, allungati sul divano. Mio padre mi introdusse alle meraviglie della Trilogia del dollaro di Sergio Leone. Alla fine di ogni film, mimavamo le scene degli ammazzamenti, e per me pretendevo sempre la parte del cattivo. Non sono mai morto tante volte come in quei pomeriggi di aprile.

Di tutte le storie che circolavano sugli schermi di famiglia, mi era interdetto soltanto *Il trono di spade.* T'ansia sosteneva che i registi avevano esagerato con le armi da taglio e con la salsa di pomodoro. Però diceva anche che quella saga sembrava scritta da Shakespeare e la suggerì ad Andrei, che sulle prime si mostrò riluttante – detestava il genere fantasy –, ma poi si appassionò a tal punto che avendo più tempo libero di lei si portò avanti di una decina di episodi.

Ogni volta che sorprendeva la mamma a recuperarne uno, aveva il coraggio di bofonchiare: « Non affezionarti troppo a quel personaggio, tanto tra un po' muore... » Mia madre gli tirava una pantofola, una biro o qualunque altra arma avesse sottomano. Una sera, per placarne le ire, Andrei le diede persino un bacio sulla guancia e T'ansia strillò: « Stammi lontano, untore! », ma era un urlo strano. Un urlo a cui scappava da ridere.

La mamma mi scaricò un videogioco in cui potevi costruire la città dei tuoi sogni: nella mia abolii cimiteri e ospedali. Vagavo nei miei mondi pur di non farmi catturare la testa dal pensiero che monopolizzava l'attenzione degli adulti, anche se non sempre potevo sottrarmi all'ascolto delle loro discussioni.

Dopo aver sentito al telegiornale che nella laguna di Venezia i delfini avevano sostituito i transatlantici, mia madre si convinse che il mondo stesse diventando un posto più pulito, ma Andrei replicò che stava diventando soltanto più povero, perché i transatlantici portavano soldi, mentre i delfini viaggiavano gratis.

Da quando aveva rinunciato al bollettino delle sei, T'ansia seguiva le avventure del virus attraverso le interviste degli scienziati. Ormai non era più possibile accendere la televisione senza imbattersi in un virologo che desse del figlio di buona provetta a qualche immunologo. Alcuni di loro, diceva mio padre, sembravano contagiati dal morbo della popolarità e pontificavano come se fossero in grado di sanificare qualsiasi ambiente con la sola imposizione delle mani disinfettate.

L'esito negativo del tampone era un lasciapassare che mi permetteva di scendere in cortile a giocare indisturbato con Tea, cioè con la sua bambola dato che lei mi rubava sempre la bici lasciandomi da solo a fare la guardia al passeggino.

La bambola aveva la frangetta, come Caposala, e alla lunga mi ci affezionai. Un pomeriggio che aveva piovuto forte le cambiai addirittura il vestito bagnato. Il geometra Gotti passava di lì con una borsa della spesa da cui spuntava una confezione di merendine e mi guardò storto.

« Mattia, con le bambole giocano le femminucce! Non ti vergogni? »

« E perché dovrei? », risposi tutto orgoglioso. « Io sono il papà. »

Mi sentivo un po' anche il padre di mia nonna e temevo che il signor Donati potesse farle del male. Così decisi di aprirmi con l'unica persona di sesso maschile di cui mi fidassi completamente.

Trovai Carlo sulle scale, circondato da secchi e scopettoni. Aveva il respiro sempre più affannoso, ma non c'era verso di farlo riposare. Quando gli chiesi come stava, rispose come sempre.

« Benegrazie. »

« Carlo, c'è un problema. Io so chi ha scritto quei messaggi brutti contro la mamma di Giulio Mauro, però ho promesso a mia madre che non ne avrei parlato con nessuno. »

« E allora perché ne vuoi parlare con me? »

« Sono della stessa persona che manda le poesie alla nonna. »

Carlo smise di strofinare e appoggiò le mani sulla scopa.

« Impossibile. »

« Invece sì! »

« Seguimi. »

Scettico e curioso, lo scortai fino alla portineria. Lui scomparve in camera da letto e riemerse con un librone tra le mani.

La *Divina Commedia*.

« Tua nonna non me l'ha ancora data da studiare, ma io, senza dirle nulla, me la sono comprata su Amazon. »

« Appena in tempo, allora. Il signor Amazon sta per essere... Ma perché leggi un libro se la nonna non ti ha chiesto di farlo? »

Io i libri li leggevo solo fino alla pagina assegnata dalla maestra. Non mi ero mai avventurato oltre, neanche di una riga.

« Volevo stupirla, Mattia. »

« Posso aprirlo? »

« Certo, non morde. »

Le pagine erano piene di segni e sottolineature colorate.

« Ho messo in evidenza i versi in cui Dante parla delle stelle. Lo sai che a tua nonna piacciono tanto. »

« Quindi sei tu che... »

« Mi raccomando, Mattia: è un segreto. Lei non deve assolutamente saperlo! Non ancora, almeno. »

Il cuore cominciò a battermi all'impazzata. Adoravo i segreti.

« Ma tu... vorresti sposarla? »

Diventammo rossi tutti e due, credo per la famosa faccenda del pudore, ma stava scendendo il buio e potevamo pensare che l'altro non se ne fosse accorto.

« Tua nonna è meravigliosa. Ricorda molto mia moglie. »

« Quella a cui facevano schifo i vermi? »

« Sì », sorrise.

« In effetti i vermi fanno schifo anche alla nonna. Comunque stai sbagliando tutto. Le ragazze si conquistano con gli effetti speciali. Prendi Ross: ha fatto pace con Damiano solo perché lui ha riempito la strada di frasi appiccicose. Che poi non è stato lui... Vabbè, non importa. »

« Vuoi che le scriva qualcosa di Dante sul marciapiede? »

« Ma sei fissato con 'sto Dante! Dobbiamo pensare a qualcos'altro. »

« A cosa? »

« Lo sai che la nonna guarda spesso il cielo, la sera? Mi ha detto che in questi giorni c'è una stella che porta il nome del cuore di un re. Pensa, si chiama Carlo come te!»

«Gli auguro di avere un cuore meno ballerino del mio...»

«Dai, Carlo! Pensa a qualche effetto speciale. Stupiscila.»

Sarà stata una mia impressione, ma i Promessi Divorziati trascorrevano sempre meno tempo con i rispettivi compagni. Ogni volta che Federica chiamava mio padre, lui cominciava a sbuffare: «Amore, non ti sento... non c'è campo, n...n... c'è... c...m...o...» e spegneva il telefono per mezz'ora.

Mia madre diradò le visite al supermercato, non solo perché le era passata la paura che saremmo morti di fame, ma anche per tenersi alla larga da Doppia Zeta che le rinfacciava di non avere ancora mantenuto la promessa di mandare via Andrei.

La mamma approfittò del tempo libero per riordinare i suoi cassetti, e un pomeriggio la sorpresi con mio padre in salotto a sfogliare un album di vecchie fotografie.

Mi fece un certo effetto vedere la mia famiglia prima di me. Il giorno del matrimonio erano tutti così giovani, persino la nonna. Soltanto Andrei sembrava sempre lo stesso: neanche una foto in cui riuscisse a rimanere serio.

«E io dov'ero?», chiesi a mia madre.

«Guardavi la scena, nascosto nel Chissà Dove. E ti siamo talmente piaciuti che ci hai scelti.»

« Ho scelto anche... lui? » e indicai mio padre, che mi fece una pernacchia e scoppiammo a ridere.

Si misero a parlare della canzone che Andrei le aveva dedicato prima del taglio della torta.

*Il mondo* di Jimmy Fontana.

Mio padre era talmente su di giri che andò a stanare Ross nella sua stanza e tenendoci entrambi per mano si avventurò sul balcone.

« Che cos'è questo mortorio? », urlò. « Qui non canta più nessuno? » Poi si voltò verso mia madre e guardandola negli occhi attaccò.

« *Gira il mondo gira, nello spazio senza fine, con gli amori appena nati, con gli amori già finiti...* »

Lei sorrise e lui prese l'abbrivio per il ritornello: « *Il mondooooo non si è fermato maai un momentooo...* »

« Si è fermato, eccome! », borbottò T'ansia, e fu allora che udimmo la voce melodiosa di una donna uscire dal salotto di casa Donati.

« *... la notte insegue sempre il giornooo e il giooooorno verràààààà!* »

Sul balcone apparve il signor Donati. In testa gli scintillava una montagna di capelli bianchi che lo facevano assomigliare a un ghiacciaio, e sorrideva.

« Mia moglie! », annunciò con orgoglio.

E poi, rivolto a mio padre: « Grazie, grazie! Era dall'inizio della pandemia che non cantava più ».

Lo prendemmo tutti come un segnale benaugurante. E non fu l'unico, perché sul balcone dell'appartamento di Tea era appena sbucato un ragazzino che nessuno di noi aveva mai visto. Aveva i capelli biondi raccolti sulla nuca con un elastico e una camicia bianca e larga come un mantello, che quasi si confondeva con la sua carnagione slavata.

Imbracciava un violino illuminato dai raggi del sole e vi estrasse le note della stessa canzone che avevano appena cantato mio padre e la signora Donati.

Lo ascoltammo tutti a bocca aperta e la più imbambolata di tutti era Ross, forse perché il violinista misterioso sembrava il sosia di uno di quei vampiri vestiti da fotomodelli che imperversavano nei suoi film preferiti.

La sera del giorno dopo splendeva su Milano un cielo più lucido di un pavimento disinfettato con l'amuchina. Non fu difficile convincere nonna Gemma a sedersi sul balcone per assistere allo spettacolo delle stelle.

Mentre mettevamo a fuoco il binocolo, la nonna disse di essersi ricordata la famosa frase che Andrei aveva scritto su quel muro davanti alla scuola di mia madre: era la stessa apparsa per strada nella dichiarazione di Damiano.

*l'amore non ha un perché*
*l'amore è il perché*

Sentimmo suonare alla porta e io corsi ad aprire, ma non c'era nessuno.

O almeno questo è ciò che le dissi. In realtà c'era

Carlo, con il respiro affannato e una busta tra le mani. La teneva come se fosse stata un pulcino.

« Dante? », sussurrai.

« No. Anonimo. »

« E chi è? »

« Non si sa, è anonimo! », gridò sottovoce.

Mi consegnò il biglietto con un sorriso tirato.

« Dove hai trovato la frase? », gli chiesi.

« Sulla carta dei cioccolatini. »

« Hai messo anche il cioccolatino? »

« No... Avrei dovuto? Tanto tua nonna non li può mangiare. »

« Ma io sì! Non importa. Dai, sbrighiamoci. »

Mi sembrava di essere in uno di quei film di spionaggio dove un agente dice all'altro « sincronizziamo gli orologi » e mi rammaricai di non averne uno.

Il piano era stato curato nei minimi dettagli. Mentre Carlo imboccava le scale a testa bassa, io raggiunsi la nonna sul balcone e le consegnai la busta.

« Era sullo zerbino », mentii.

Lei la aprì con mani tremanti e ne lesse il contenuto in silenzio.

« Be'? », le chiesi.

Nonna Gemma arrossì.

« È lui... Stavolta ha scritto: *Ho raccolto le stelle per te e le ho messe ai tuoi piedi.* E si è firmato 'Anonimo'. »

Sorrise, ma fece l'opposto di quello che suggeriva il biglietto e puntò il binocolo verso il cielo.

« Cerchi la stella di Carlo? », domandai.

« La mia Cor Caroli, già. Pensa, piccinino: luccicano soltanto le sue estremità. È una stella, ma sembrano due: così dovrebbe essere l'amore. Però ci vuole tempo e pazienza per trovarla in mezzo alle altre. Come l'amore... Intanto godiamoci il Grande Carro. Guardalo, non è un incanto? »

Precipitammo nel buio più pesto. Le luci del condominio si erano spente all'improvviso, come se ci fosse stato un cortocircuito. O come se qualcuno avesse staccato l'interruttore centrale.

« Nonna, se guardi in basso, lo vedi anche meglio! »

Mi fissò perplessa, ma obbedì.

In mezzo al cortile, proprio sotto l'Albero del Coraggio, qualcuno aveva lasciato una tinozza piena fino all'orlo. E sull'acqua uno spicchio di cielo brillava nell'oscurità.

« Il Carro! », esclamò nonna Gemma.

« Sei sicura che Anonimo sia il signor Donati? », le chiesi, però a voce talmente bassa che, sorda com'era, forse non mi sentì.

In quel momento tornò la luce, e io ebbi paura che la nonna mi leggesse dentro. Perciò indossai la maschera di Spider-Man che avevo portato con me per ogni evenienza, ma lei non ci fece troppo caso. Continuava a fissare le stelle riflesse nell'acqua e a sorridere.

Da quando ero ritornato dall'ospedale, Andrei aveva sostituito la mamma nel rito della buonanotte. Se la cavava meglio con le favole che con le gocce, anche se interrompeva sempre il racconto nel momento cruciale e la volta dopo non si ricordava più dov'era arrivato. Toccava a me fargli il riassunto.

Alla fine di ogni storia indugiava sulla poltroncina davanti al letto, come se gli dispiacesse andarsene. Lo sentivo uscire dopo un po', in punta di piedi, per quanto i suoi piedi potessero mettersi sulle punte senza andare a sbattere contro qualche spigolo. Arrivato alla porta, la sua sagoma si stagliava in controluce e la vedevo svoltare a destra, in direzione del soggiorno.

Anche quella sera mio padre mi raggiunse in camera mia e io mi infilai sotto le coperte con la maschera di Spider-Man.

« Perché hai paura di mostrare la tua faccia, campione? È per i denti? »

« Te l'ha detto Rossana? »

« Sono le differenze a renderti speciale, non le cose che hanno tutti. »

« Io non voglio i denti di tutti. Mi basterebbero i tuoi. »

« Se vuoi cambiare, prima devi piacerti come sei. »

« Te lo ha detto la nonna. »

« No, Superman. »

« Glielo avrà raccontato lei. »

« Hanno ragione, comunque. »

« Mi insegni la Regola del Cinque? »

Scoppiò a ridere.

« Prima dovrei imparare a usarla io. »

« Vuoi che ci proviamo insieme? »

« Ci sto. Quando senti il bisogno di nasconderti dietro una maschera, devi dire a te stesso: adesso me la metto, ma non è ancora adesso, prima conto fino a cinque. Uno... due... tre... »

Scandì i numeri molto lentamente e appena si accorse che avevo abbassato le palpebre mi sfilò la maschera e mi rimboccò le coperte. Io facevo solo finta di dormire, per cui lo tenevo sotto controllo.

Borbottò qualcosa sul fatto che era ora di togliersi le maschere e di andare a riaprire il mondo. Non mi piacque per niente, perché cominciavo ad abituarmi all'idea di averli in casa per sempre, lui e il mondo.

Percepivo la sua presenza non più come un ostacolo, ma come una ringhiera. Un punto di riferimento senza il quale la mia vita sarebbe tornata ad assomigliare a un precipizio. Ormai non mi interessava neanche sapere il vero motivo per cui era rimasto con me. Mi bastava sapere che c'era.

Mio padre indugiò ancora per qualche minuto sulla poltroncina e poi uscì dalla stanza in punta di piedi senza andare a sbattere contro nessuno spigolo. Poi, invece di girare a destra verso il soggiorno come sempre, svoltò a sinistra.

Strano, pensai prima di addormentarmi, a sinistra c'è soltanto la camera della mamma.

# LA CAMERA DI MIA MADRE

Il mattino dopo trovai i Promessi Divorziati che ridevano in salotto davanti a un caffè. Il divano letto era già stato chiuso, con i cuscini piccoli perfettamente allineati a quelli grandi, come se mio padre fosse stato improvvisamente visitato dal mio demone dell'ordine. O come se non ci avesse dormito affatto.

Non avevo mai visto mia madre arrossire, e invece quel giorno lo fece tre volte.

La prima, quando Ross raccontò dei due panda giganti dello zoo di Hong Kong che, dopo aver trascorso una vita nella stessa gabbia senza riuscire ad accoppiarsi, ce l'avevano finalmente fatta grazie alla quarantena che li aveva sottratti allo sguardo dei visitatori.

La seconda, quando Andrei lesse sul giornale che a Wuhan con la fine della clausura erano aumentati i divorzi.

La terza, quando sulla porta di casa lui le abbassò la mascherina per darle un bacio, e forse lei se lo sarebbe lasciato anche dare se non fossi intervenuto io a separarli.

Poco più tardi raggiunsi Carlo nel suo gabbiotto. Stava scrivendo una lettera, ma la nascose nel primo cassetto con la rapidità di un baro.

Si aspettava di ricevere i complimenti per la bacinella di stelle, però i bambini non rivangano mai il passato, nemmeno quello prossimo, beati loro. Io ero centratissimo sul presente.

« Quando le dici che la vuoi sposare? »

Sorrise. Aveva due ombre nere sotto gli occhi.

« Sai quanto coraggio ci vuole per lanciarsi in amore? »

« Più o meno di quello che serve per lanciarsi da un aereo senza paracadute? »

« Molto di più. »

« E tu sei coraggioso, più o meno? »

« Ora più che altro sono stanco, ma lascia che recuperi le forze e vedrai... »

« Stai scrivendo un'altra lettera alla nonna? »

« Quale lettera? »

« Quella che hai nascosto nel cassetto. »

« Ti chiamerò Occhio di Falco. »

« Anche a te da piccolo piaceva fare l'agente segreto o preferivi diventare un pompiere? »

« Io sognavo di essere... un re! »

« Re Carlo, quello della stella! Me la fai leggere? »

« La lettera? Devo ancora finirla. »

Estrasse il foglio dal cassetto e me lo passò. Era di carta ruvida, come le sue mani.

Mi arenai già alla prima riga.

«*Amor ch'a nullo amato amar perdona*... Certo che scrivi proprio male. Non si capisce niente!»

In casa trovai Andrei che macinava chilometri sul tappeto del soggiorno con il telefono appoggiato tra il collo e l'orecchio. Appena mi vide si spostò sul balcone, ma anche da lontano riuscii a riconoscere la Voce della Paura.

«Ti assicuro che... Ma no, ho la certezza di farcela, le picnic-lettere vanno alla grande e... Come, che cosa sono? Sono dei cestini che... Ti garantisco... Certo che restituirò tutto... Anche gli interessi? Sì, ma ho bisogno di più tempo... Un paio di mesi... qualche settimana... almeno qualche gior... Pronto? Pronto?!»

Rimase con la bocca spalancata, come se gli avessero tolto la spina. Rientrato in salotto, gettò il telefono sul divano e si diresse verso il bagno a testa bassa. Solo allora si accorse di me, e abbozzò un sorriso poco convincente.

Guardai la piccola scatola nera con lo schermo scheggiato come la fronte di Harry Potter che giaceva abbandonata sui cuscini: lì dentro c'era la soluzione di tutti i miei quesiti. Dal bagno sentii tirare lo sciacquone. Mi restava poco tempo.

Corsi verso il divano, afferrai il telefono e con mosse inesorabili da pianista aprii la finestra delle ultime chiamate.

Quando Andrei rientrò in salotto, lo misi letteralmente con le spalle al muro.

« Fai parte della banda? »

« Ma che dici? Abbiamo già scherzato abbastanza su questa storia. »

« E allora come mai eri al telefono con Oreste Di Ponzio? »

Deglutì due volte, prima di rispondermi con una domanda.

« Chi ti ha insegnato a ficcare il naso nei cellulari altrui? »

« Io sono un investigatore. O una spia, non ho ancora deciso. E tu non sei *altrui*. Tu sei tu. »

Sospirò, lasciando cadere le spalle.

« Sì. Purtroppo. »

Se ne andò in cucina per scaldarsi del caffè. Aveva finalmente imparato ad accendere il gas.

« Ti spiego, campione... Per aprire il ristorante servivano soldi... tanti... e Oreste Di Ponzio è stato così gentile da prestarmeli. Solo che adesso ne rivuole indietro molti di più. »

« E tu perché non glieli dai? »

« Perché al momento... non li ho. Cioè, li avrei anche avuti, se il mondo non si fosse chiuso in casa. Ho l'affitto da pagare, gli stipendi di cuochi e camerieri, e sono in causa da anni con lo Stato che mi deve restituire degli anticipi. Ma le picnic-lettere mi stanno aiutando a recuperare. Un po' alla volta ce la faccio. Vedrete... vedrai... »

Avevo ancora una domanda da spararagli addosso.

« È perché ti faceva paura Oreste che sei rimasto qui? »

Scosse la testa, ma non mi rispose.

« Che facciamo? », chiesi a Puff. Ero seduto sopra di lui da quasi cinque minuti e ancora non aveva spiccicato una parola. « Intanto che ci pensi, ti interessa sapere come la penso io? »

Che Andrei non fosse capace di fare il padre, lo avevo capito ben prima che venisse a stare da noi, gli dissi. Ma adesso sapevo che non era capace di fare neanche tutto il resto. L'avvocato, il ristoratore, il marito. E nemmeno il fidanzato.

« Scusa, ma se tu ti fidanzassi con la figlia di una banca, i soldi andresti a chiederli a lei, mica a un bandito! O no? Ha ragione la mamma, è una schiappa tremenda e non credo proprio che meriti il nostro aiuto. »

« Come sarebbe che vuoi vendere Puff? Proprio tu che sei sempre così geloso delle tue cose! »

Mia sorella era un tipo strano. Per mesi aveva insistito fino alla nausea affinché mettessi all'asta i miei vecchi giocattoli sui siti dove lei andava a mercanteggiare, e adesso che le stavo offrendo in pasto il mio migliore amico, sembrava delusa.

« Io non volevo, credimi. È stata un'idea sua. Sua di Puff. »

« Matti, ormai hai nove anni e qualcuno deve dirtelo: i puff non hanno idee. I puff non parlano. I puff fanno i puff. »

« Il mio è diverso, occhei? E lo sarà finché io ci crederò, occhei? »

« Non dire occhei, mi dai sui nervi. »

« I tuoi nervi mi hanno stufato. Sei sempre lì che litighi con la mamma, quando lei per te... Vabbè, lo so io... »

« Che cosa sai? »

« Niente. »

« Adesso me lo dici! »

« Non posso. »

« Matti? Schiena contro schiena? »

Era il solito colpo basso e non riuscii a resisterle.

«La scritta... in strada. Ma avevo giurato di non dirtelo.»

«Tanto lo sapevo già.»

«Davvero?»

«Me l'ha detto Damiano.»

«E perché lui ha fatto la spia?»

«Non gli piace vivere tra le bugie, e io gli voglio ancora più bene per questo. Anche se...»

«Anche se... cosa?»

«Anche se niente, occhei?»

Stavolta lo aveva detto lei.

«Adesso vorresti spiegarmi perché hai deciso di vendere Puff?», insistette, forse per cambiare argomento.

«Risparmiati la schiena, tanto non te lo posso dire. Ho bisogno di trovare dei soldi per un amico.»

«Quale amico?»

«Se non mi vuoi aiutare, chiamerò il signor Amazon, occhei?»

Quando mia madre ci convocò per la cena, saltellai fino alla cucina con l'idea di recuperare il piatto di pasta scotta e andarmelo a mangiare davanti al televisore, ma trovai una sorpresa: la tavola era stata apparecchiata per quattro. In compenso, la pasta era scotta come al solito.

Incastrai un piede sotto il sedere e presi uno spaghetto aspirandolo dal piatto direttamente con la bocca. T'ansia gridò qualcosa di terribile, e mio padre mi ribattezzò all'istante professor Orangutan, libero docente di Scimmiologia presso l'università di Banana City.

Gli venivano così.

Il clima a tavola era piuttosto anarchico. Non eravamo più abituati a stare immobili nello stesso posto, così a lungo e così insieme.

Mia madre si allontanò per rispondere a una chiamata di Doppia Zeta e quando tornò aveva uno sguardo indecifrabile. Solo molto tempo dopo avrei saputo che nel corso di quella telefonata Zeno Zorzi le aveva annunciato di essere tornato a casa da moglie e figli, anche se con l'intenzione di restarci soltanto fino alla fine della clausura.

Poi fu la volta di Ross, che si alzò per andare ad accendere il televisore proprio mentre stava parlando il presidente del Consiglio, quello del tovagliolo affacciato al taschino. Il presidente spiegò che nel giro di qualche giorno avrebbe riaperto tutto, con la sola eccezione dei posti che sarebbero rimasti chiusi, tra i quali però non andavano considerati quelli che avrebbero avuto il permesso di rimanere aperti.

« Potrà uscire di casa soltanto chi ha capito che cosa ha detto », commentò mia sorella, ma T'ansia sorrise a stento. Su di lei quel tizio aveva un influsso rilassante. Le ricordava una tisana di verbena.

La mamma si era comprata un puzzle che raffigurava l'Ayers Rock, la montagna sacra degli aborigeni australiani. Era un rompicapo di cinquecento pezzi e a tavola tutti ci divertivamo a scommettere su che cosa sarebbe finito prima, se il puzzle o il *lockdown*. Ogni tanto mia madre si alzava per andare a sistemare un tassello e la scena mi toccò qualche corda nascosta, perché cominciai a riprenderla con il suo cellulare.

«Sai che mi hai appena fatto venire una grande idea?», le disse mio padre, infilandosi dentro l'inquadratura.

«Aiuto! Un'altra?», esclamò T'ansia.

«Vendere un puzzle già fatto!»

«Non lo comprerebbe nessuno. Il fascino del puzzle è che assomiglia a noi quando veniamo al mondo: tanti pezzetti sparpagliati da rimettere a posto. Che gusto ci sarebbe nel trovarli già in ordine?»

«Ho sete», la interruppe Ross, con la sua tipica tendenza a segnalare il problema pretendendo dagli altri la soluzione.

«Hai la caraffa sotto il naso», le rispose la mamma.

«Ma è vuota.»

«Allora valla a riempire.»

«La vita è un puzzle, che gusto ci sarebbe a trovare l'acqua già nel bicchiere?», le fece il verso mio padre.

«Stasera sembriamo quasi una famiglia», commentò mia sorella, e aveva la voce ironica di quando stava per commuoversi.

«A proposito, domani io torno a Roma», disse Andrei. Era uno specialista nel rovinare le atmosfere.

«Perché?», domandò Rossana, mentre la mamma si mordeva il labbro e io, come in trance, continuavo a riprendere la scena col cellulare.

«Mattia, spegnilo, per favore!», mi redarguì mio padre. «Vado a occuparmi dei miei affari. Non posso lasciarli andare in malora proprio adesso che il mondo sta per rimettersi in moto.»

«Appena senti un po' di calore intorno a te hai subito paura di bruciarti», sibilò mia madre. «Comunque... fai come ti pare.»

«Stavolta so quello che faccio, mi devi credere. Matti, stacca quel telefono, ti ho detto!»

T'ansia si alzò di scatto e urtò con il gomito la porzione di puzzle già completata, che si disperse sul pavimento in una pioggia di tasselli. Poi andò a rinchiudersi in camera, subito imitata da Ross, che andò a rinchiudersi nella sua. Mio padre addentò una mela e scomparve sul balcone, forse perché non aveva nessuna camera in cui andare a rinchiudersi.

E pensare che, nel mondo di prima, mi sgridavano sempre quando mi alzavo da tavola prima della frutta.

«Mattia, mi apri?»

Mi ero chiuso a chiave perché non avevo nessuna intenzione di starlo a sentire.

«Mattia, non vuoi che ti racconti una favola?»

Da quando ero nato me ne aveva raccontate sin troppe.

«Mattia, so di Puff. Mi ci fai parlare?»

Andai ad aprire, ma tornai subito sotto le coperte, con Piccipò a montare la guardia. Proprio quella mattina mia madre gli aveva finalmente staccato il cono di Shakespeare dal collo.

Andrei aveva il viso tirato e la barba più lunga che corta. Mi chiese il permesso di sedersi su Puff e glielo accordai: magari quel vecchio saggio avrebbe dato un consiglio decente anche a lui.

« Ti piace ancora, vero? », mi chiese.

« È il mio migliore amico. »

« Però hai deciso di venderlo... » D'un tratto cominciò a piangere. Mio padre, intendo, perché Puff non piangeva mai.

Poi si alzò di scatto e venne a sedersi sul letto. Incredibilmente, Piccipò gli saltò in grembo e rimase lì.

« Ross mi ha detto tutto. »

« Io non le ho raccontato niente! »

« L'ha capito da sola, allora. È arrabbiata con me... »

« Fa bene. »

« Ha detto che non mi perdonerà mai per quello che ti sto combinando... Tua sorella ti ama tantissimo, sai? »

« Lo so. »

« Ma vuoi davvero vendere Puff? Grazie, campione, ma non serve... non devi... »

Si piegò su di me per abbracciarmi e restammo avvinghiati per un po', con quella sua barba appiccicosa che rimaneva incollata alle guance.

« Vuoi sapere una cosa? », riprese, asciugandosi

gli occhi. «Da piccolo, correggere e cancellare non piaceva neanche a me. Appena sbagliavo, stracciavo il foglio e ricominciavo da capo. Ho continuato a farlo per tutta la vita. Quando sei nato eri il disegno più bello che avessi mai visto. Su un foglio bianco e pulito. Poi ho fatto degli errori, Mattia, ne ho fatti tanti, e invece di correggere e cancellare ho buttato via il foglio un'altra volta.»

«Hai guardato nel cestino? Magari è ancora lì. Io li appallottolo, ma non li strappo mai.»

«Guarderò, te lo prometto.»

«Ti ricordi di Biscottaccio?», gli domandai.

«Certo. E di suo padre, il drago Spalmaburro. Ti ho mai detto che va matto per la panna montata?»

«Lo immaginavo.»

«Sì, ma adesso è in partenza per un viaggio avventuroso. Ha finalmente trovato il suo *Perché* e lo deve raggiungere, prima che sia troppo tardi.»

«Ma il *Perché* non è lo stesso per tutti?»

«No, Mattia, lui ha capito che ognuno di noi ne ha uno diverso. E che solo se trovi il tuo puoi fare del bene agli altri.»

«E quale sarebbe il suo?»

«Imparare ad aggiustare le cose che ama.»

«Non può portare qualcuno con sé?»

«No. Certi viaggi bisogna compierli da soli.»

«Ma tornerà?»

«Oh, di sicuro, in uno dei prossimi episodi. La saga non è ancora finita... Mattia?»

«Mmm.»

« Voglio che tu lo sappia... Sei tu che mi hai dato il coraggio di affrontare la prova da cui stavo scappando. Perché le cose succedono quando si comincia ad avere più voglia che paura. E io adesso ho voglia di prendermi cura di te. Ci credi? »

« Sì. »

« Grazie... per la fiducia. Tornerò, vedrai. Tu intanto tieni sotto controllo Vanni Mauro e tutta la banda. »

« Stavo pensando... ma se alla fine il signor Amazon lo rapinassimo noi? »

« Di sicuro metteremmo a posto i miei debiti! »

Mi passò una mano tra i capelli e per la prima volta non mi fece neanche troppo male.

« Ce la caveremo, Matti. Senza rapinare nessuno. E senza che tu debba vendere Puff. È il tuo migliore amico, tienitelo stretto. »

« Papà? »

« Dimmi. »

« Ti sei accorto che stai parlando da un mucchio di tempo con Piccipò sulle ginocchia e non hai ancora starnutito? »

« E tu ti sei accorto che mi hai chiamato papà? »

Se n'era andato prima che spuntasse il sole. Quando giunsi in cucina, la moka gialla grande era già sparita, come la valigia e le cianfrusaglie che aveva il vizio di disseminare sul tavolo. Al loro posto, un deserto d'ordine su cui spiccavano tre scodelle, tre cucchiaini, tre tovaglioli e una confezione ancora sigillata di biscotti di pasta frolla.

Mia madre si stava preparando una spremuta e mi salutò come se fosse stata una mattina qualsiasi. Rivedendo la scena con gli occhi di oggi, mi intenerisce quel suo sforzarsi di ostentare indifferenza, ma allora non lo capivo.

Pulì il lavello, schiacciò un'arancia nello spremiagrumi, pulì lo spremiagrumi e poi ripulì il lavello. L'acciaio risplendeva, al contrario di lei, che era spettinata e stropicciata, senza pantofole, con i calzini spaiati e i pantaloni della tuta che si rifiutavano di scendere sotto le ginocchia e lasciavano scoperti i polpacci guizzanti da campionessa.

A quell'ora Ross avrebbe già dovuto essere collegata con la scuola, ma mia madre non sembrava avere fretta di andarla a chiamare, tanto che alla fine fu mia sorella a raggiungerci. Ostentava la consueta flemma.

« Buongiorno, mamma, posso avere i pancake? »

« Vai ad accendere il computer. Te li porto in camera. »

Nessuna delle due fece cenno a quel vuoto ingombrante di cui soltanto io sembravo avvertire la presenza.

Trangugiai un frullato di biscotti e andai a buttarmi addosso al mio migliore amico. Puff mi spiegò che la mamma e Rossana stavano giocando a nascondino con sé stesse.

Immaginai Andrei su un treno senza viaggiatori, alle prese con guanti e mascherine e pensieri tristi. Mi venne voglia di tornare da mia madre per tempestarla di domande, ma mi frenò la certezza che le avrebbe eluse tutte.

Piccipò fece capolino dalla sua cesta e mi saltò in grembo, mancandomi clamorosamente. Ruzzolò sul tappeto senza neanche arrabbiarsi. Aveva l'aria sconsolata di chi condivideva la mia stessa malinconia.

Soltanto nonna Gemma avrebbe potuto aiutarci.

La trovai davanti al televisore. Sullo schermo scorrevano le immagini di un quiz sicuramente registrato: il pubblico gremiva le tribunette dello studio e il conduttore dava di continuo delle pacche sulle spalle ai concorrenti.

« Che cosa guardi? »

« Il mondo di prima », rispose.

Appena l'ebbi messa al corrente degli sviluppi, la

nonna spense il televisore e si voltò verso di me, così da potermi guardare negli occhi.

« Non ero contenta dell'arrivo di tuo padre perché temevo il giorno in cui se ne sarebbe andato. »

Le risposi che Andrei mi aveva promesso di tornare, e che io ero disposto a fare una cosa che non avevo mai fatto. Fidarmi di lui.

Scosse la testa, poi però interruppe il pendolo e si illuminò come tutte le volte che era visitata dal pensiero della letteratura.

« 'Il modo migliore per scoprire se ci si può fidare di qualcuno è dargli fiducia.' Lo diceva uno scrittore americano. »

« La mamma e Ross fanno finta che papà non esista più! »

« Hanno alzato lo scudo, piccinino. »

« Se lo tengono troppo alto, come fanno a vedere? »

Nonna Gemma allungò una mano per accarezzarmi, ma poi preferì portarsela alla bocca e mandarmi un bacio.

« Fidati della vita », disse, « è una scrittrice piena di sorprese. Ne avrà di sicuro una in serbo anche per te. »

Mi arrivò il suo odore di pane, ed era come sentirsi di nuovo a casa dopo un lungo viaggio.

Un'immagine assurda, ma non priva di fascino, prese forma dentro di me: Carlo sposava la nonna e io andavo a vivere con loro in un posto sconosciuto e bellissimo. Mi trasferivo, come Giulio Mauro.

Considerando la timidezza di Carlo, pensai che fosse il caso di accelerare i preparativi.

«Nonna, non vorresti sapere chi ha messo la bacinella sotto le stelle?»

Un rumore lancinante troncò la mia domanda proprio sul finale.

Ammutolii perché lo conoscevo bene. Era un grido che avevo sentito tante volte nelle mie notti insonni, ma adesso si stava facendo sempre più vicino. Finché non irruppe nel cortile.

La sirena di un'ambulanza.

Io e la nonna ci ritrovammo sul balcone. Erano già tutti affacciati, comprese mia madre e Ross. All'ultimo piano, Sveglia arpionava la ringhiera con le unghie e il geometra Gotti aveva mezza merendina in mano e l'altra metà in bocca, ma per la tensione si era dimenticato di masticare e restava lì, con le guance gonfie di zuccheri, in attesa di un verdetto. Vanni Mauro sembrava un'altra persona: osservava la scena senza la consueta arroganza, come se un velo di mestizia fosse sceso sui suoi occhi perennemente sbarrati.

Gli infermieri uscirono dall'ambulanza avvolti negli stessi scafandri che mi avevano spaventato in ospedale. Quando raggiunsero il gabbiotto della portineria, una mano di ghiaccio mi afferrò lo stomaco, togliendomi il fiato.

Il virus era riuscito a entrare nel condominio e si era preso Carlo: fu il primo pensiero che attraversò la mente di tutti.

«Lo porteranno in ospedale?», domandai.

La nonna si strinse lo scialle sul petto e balbettò parole che non riuscii a cogliere.

Dopo una pausa insopportabile, vedemmo uscire i due astronauti di prima. Trasportavano una barella, ma sopra non c'era più un uomo, solo la sagoma di un corpo avvolto dentro un sacco nero.

Nonna Gemma mi coprì gli occhi con la manica della sua vestaglia. La sentii soffocare un singhiozzo mentre diceva: « Oh piccinino, piccinino mio... »

# IL PORTONE

L'eroe è precipitato all'inferno e ha combattuto i suoi mostri, ma quando imbocca la via del ritorno si accorge di essere rimasto solo.

In apparenza ha perso tutto. I familiari, gli amici, il futuro. Quello che aveva prima di cominciare e quello che aveva saputo conquistarsi durante l'avventura. Per questo gli vogliamo ancora più bene. Ci piacerebbe entrare nella sua storia per sussurrargli che non è finita e che non è solo.

Ci siamo noi.

E noi siamo le cose che ha imparato fin qui.

Carlo non aveva preso il virus. Era stato il virus che si era preso tutte le attenzioni, a discapito del suo cuore malandato.

Quante volte aveva chiamato l'ospedale per la famosa storia del « tagliando ». Gli avevano sempre detto che non c'era posto, facendo slittare la data del ricovero da una settimana all'altra, da un mese all'altro, per poi fissargli a metà dell'estate un appuntamento a cui non si sarebbe presentato mai più.

A dare l'allarme era stato il signor Donati, di ritorno con passo allegro dal supermercato, dove aveva trovato un'antologia di successi musicali del secolo scorso da cantare assieme alla moglie. Passando accanto al gabbiotto, aveva gettato uno sguardo come d'abitudine verso la poltrona di Carlo: era accasciato sul ripiano della scrivania con la testa appoggiata a un libro. Se non fosse stato per la posizione innaturale delle braccia, che scendevano disarticolate lungo i fianchi, si sarebbe potuto credere che dormisse.

Insospettito, il signor Donati aveva battuto qualche colpo contro il vetro. Visto che Carlo non si muoveva, aveva cercato dentro di sé il coraggio di entrare, ma non trovandolo era andato a rinchiudersi in casa e da lì aveva chiamato i soccorsi.

Non fu possibile organizzare nemmeno il funerale. Sentii mia madre protestare al telefono con voce indignata. Proprio lei – T'ansia – si lamentava di come la paura si fosse acquattata sotto i panni della prudenza per renderci tutti un po' meno umani.

Rossana scrisse una frase sul suo diario. Morire in quei giorni, diceva, era come decidere di sparire in punta di piedi, senza farlo sapere in giro.

Papà chiamò al telefono della mamma e lei me lo passò senza salutarlo. Risentire la sua voce piena di promesse, ma priva di scadenze, non fece che acuire il mio senso di abbandono.

Non capivo perché non ritornasse subito da me a rassicurarmi che non ero solo e che, nonostante Carlo se ne fosse andato, le cose avrebbero continuato ad avere un senso. Invece un senso non lo avevano più, se un uomo non era neanche libero di salire su un treno per andare a dire al figlio che la morte non avrebbe vinto su tutto.

L'assenza di Carlo pesava sugli oggetti e sulle persone. In pochi giorni il condominio assunse un aspetto desolato e gli inquilini che lui aveva assistito con discrezione cominciarono ad andare alla deriva.

La nonna sembrava invecchiata di colpo. Non si chiedeva nemmeno come mai non trovasse più le lettere sullo zerbino. Il fantasma della morte le aveva prosciugato la mente e lasciato fuori ogni speranza, come avrebbe detto il suo amico Dante.

« Prima, quando stavi male in casa, ti portavano all'ospedale. Ora, se stai male in ospedale, ti mandano a casa », la sentivo borbottare.

Io e Puff ci domandavamo se fosse giusto continuare a tacerle che le lettere non arrivavano più perché era Carlo a scriverle, ma appena mi accingevo ad affrontare la questione qualcosa mi tratteneva.

Una sera nonna Gemma mi chiese di portarla sul balcone, sotto il cielo stellato. Mi parlò di una guerra lontana, di coprifuochi, razionamenti, rifugi, e di una bambina più piccola di me che in una notte di primavera si era messa a guardare quello stesso cielo che adesso brillava ironico sulle nostre paure.

« Un giorno avrai anche tu qualcosa da raccontare ai tuoi nipoti », mi disse. Poi prese il binocolo e lo puntò verso l'alto.

« Il cuore di Carlo è andato sulla sua stella? », le chiesi.

« Carlo era... », si interruppe per deglutire una lacrima che non aveva voluto saperne di venire fuori. « ... è... vivo. Perché è morto da vivo. Riesci a capirlo, piccinino? L'essere giovani o vecchi non dipende dal Cosa, ma dal Come. Carlo metteva nella vita la stessa passione e lo stesso stupore che ci mettono i bambini e gli innamorati. Per lui ogni minuto succedeva sempre per la prima volta. »

La nonna era così commossa che abbassai gli occhi senza rivelarle il mistero delle lettere. Non me ne sono mai pentito. In seguito avrei compreso che lei lo aveva sempre saputo e che parlandogliene avrei solo corso il rischio di guastarle i ricordi con una coda insopportabile di rimpianti.

« *È facile la discesa nel mondo degli inferi ma tornare sui propri passi e fuggire verso l'alto, questo è il compito, questa la vera impresa* », concluse nonna Gemma restituendomi il binocolo. « Libro sesto dell'*Eneide*. Forza, piccinino, tiriamoci su. Come ti senti? »

« Benegrazie », risposi.

Come già aveva fatto prima di schiantarsi, anche sul punto di riaprirsi il mondo si mise pericolosamente ad accelerare.

Una mattina mia madre rientrò dalla spesa con gli occhi lucidi. Si ritirò subito in camera sua come una risacca. Bruciò dell'incenso, si sedette sul tappeto a gambe incrociate e cominciò a cantilenare strane litanie. Ross mi disse che la mamma si era lasciata con Doppia Zeta al supermercato, davanti al banco dei surgelati.

Nella condizione estrema di quel periodo, si era resa conto che il suo amante aveva assunto le fattezze di un secondo marito, altrettanto debole e lamentoso, ma meno stimolante e trasgressivo persino del titolare che, al contrario, aveva conservato doti non comuni di imprevedibilità e di coraggio.

Però non era stato il riavvicinamento momentaneo tra lei e mio padre a condizionare la sua scelta. Zeno Zorzi si era condannato da solo con la sua decisione di uscire di casa e poi di ritornarvi, comportandosi come quel pilota che, partito per vincere il Gran Premio di Noi Due, al primo tornante innesta la retromarcia per rientrare ai box.

Nel drammatico epilogo che si era consumato tra le buste dei minestroni, Doppia Zeta aveva provato a rilanciare, promettendole di sbarcare nel nostro appartamento « non appena il rodeo della vita avesse riaperto i tornelli », era uomo da metafore. Ma da quando mia madre aveva smesso di credere nella loro storia neanche credere alle sue parole le interessava più. L'ultimo laccio che la teneva legata a lui era la fatica di lasciarlo. E l'aveva reciso.

Quella sera ci ritrovammo finalmente soli, io e lei. Aveva gli occhi segnati, ma non più lucidi, e un sorriso che sapeva di finestre che si riaprono alla fine di un temporale.

Voleva che tornassi a raccontarle la saga di Biscottaccio. Era rimasta parecchio indietro, ma io non avevo alcuna intenzione di riprendere il filo. Se lo avessi fatto, la stanza si sarebbe riempita dell'assenza di papà. Perciò preferii liberarmi di un altro tarlo.

« Mamma, mi racconti del pollice? »

Sgranò gli occhi e si alzò dalla poltrona per venirsi a sedere sul bordo del letto.

« Quale pollice? »

« Quella storia che la nonna è l'indice, Ross il medio, io l'anulare e la zia il mignolo. E che il tuo *Perché* è tenere insieme tutta la mano. Non mi hai mai detto chi è il pollice: papà o Zeno Zorzi? »

La mamma scoppiò a ridere ed era un suono che non sentivo da tempo.

« Ma no, amore », disse, facendosi ancora più vicina. « Il pollice sono io. Sono sempre stata io. Me l'ero solo dimenticato. »

Si sfilò dal dito l'anello a forma di cipolla e poi azzardò un gesto che da mesi aveva proibito a sé stessa di compiere e forse persino di pensare.

Si sdraiò al mio fianco e mi abbracciò.

Da adulto avrei studiato la regola del bicchiere che cade.

Prima di mettersi all'opera, uno scrittore dovrebbe sempre disporre i suoi personaggi intorno a un tavolo e poi lasciar cadere un bicchiere. Se ogni personaggio reagisce alla novità in modo diverso – chi lanciando un urlo, chi restando impassibile, chi piegandosi a raccogliere i cocci – allora significa che il cast è credibile e la storia merita di essere scritta. Altrimenti se ne può fare anche a meno.

Non so se la mia storia meriti di essere scritta. Comunque sia, quella regola valse anche per noi. Il nostro tavolo furono i balconi del condominio; quanto al bicchiere che cade, potrei identificarlo nella fine della clausura, che passò agli annali con un'espressione di rara banalità.

La Fase Due.

Appena fu di nuovo possibile uscire di casa senza chiedere l'autorizzazione a nessuno, il geometra Gotti si murò dentro il suo appartamento. Non abitava più davanti al televisore, ma sopra un tapis roulant, profondendovi l'entusiasmo che sempre trasmettono le nuove abitudini.

Lo aveva acquistato su internet. Invece il signor Donati, che diffidava dei pagamenti elettronici, andò in cerca di una sedia a dondolo per sua moglie al centro commerciale, rimanendo intrappolato in una coda infinita. A quanto sembrava, il primo posto in cui le persone avevano scelto di andare uscendo di casa era quello dove si compravano gli oggetti per la casa.

Rossana avanzò l'ipotesi che tutti avessero esaurito le scorte di piatti e di sedie, dopo averle utilizzate come proiettili durante i mesi della convivenza forzata, ma oggi ripensando a quella scena vi colgo il sapore di una premonizione. Nella vita che si profilava all'orizzonte, le pareti domestiche stavano diventando la fortezza dentro cui rinchiudersi per comunicare con il mondo senza correre il rischio di incontrarlo.

A proposito di fortezze, la famiglia di Tea aveva fretta di andare a rifugiarsi nella sua e ripartì immediatamente per la Svizzera.

I preparativi del viaggio si svolsero sotto lo sguardo interessato di mia sorella.

Ross si domandava se il ragazzo con il violino fosse il fratello maggiore di Tea – lo zio della bambola, insomma. Nessuno lo aveva più visto né sentito suonare, e non c'era più neanche Carlo a cui chiedere notizie, ma sulla berlina con i vetri oscurati che allontanò per sempre Tea dalla mia vita non vedemmo salire né violinisti né violini.

A casa nostra non si sentiva più parlare non solo

di Damiano ma neanche di mio padre. La mamma mi consentiva di sentirlo una volta al giorno, però ricordo ben poco di quelle telefonate, se non un senso di imbarazzo e di attesa. Papà prometteva che sarebbe tornato presto, ma era un presto a cui si scordava sempre di appoggiare una data. In compenso, si informava sulla scuola – i compagni, i compiti, le lezioni – in modo dettagliato e quasi inquisitorio, come non aveva mai fatto prima, e come se il desiderio inedito di prendersi cura di me lo dispensasse da quel bisogno compulsivo di compiacermi che aveva manifestato nei giorni trascorsi insieme.

Il ritorno del Cattivo è un sotterfugio stucchevole, figuriamoci se avviene di mattina, mentre stai mangiando un frullato di biscotti e ti cade l'occhio sul giornale che tua madre ha lasciato aperto sopra il tavolo.

Una foto ritraeva Giulio Mauro con il suo solito sguardo strafottente e Caposala che lo abbracciava neanche fosse stato il bambino più dolce dell'universo. In quell'articolo si parlava di lei come di un simbolo della lotta contro la pandemia.

Per fortuna la faccia di Giulio Mauro era solo uno sputacchio in fondo a un paginone di parole, e mi sarei dimenticato in fretta di lui se, con mio grande stupore, non si fosse messo a urlare.

« Mattia! »

Sollevai il giornale per guardarlo meglio.

« Mattia, ma sei scemo? »

Mi girai verso la finestra aperta e lo vidi sul balcone.

Giulio Mauro, in tutto il suo discutibile splendore.

Si era lasciato crescere i capelli fin quasi alle spalle. Mi fece ciao con la mano, ma io non gli risposi per paura che fosse una trappola e quel saluto si tramutasse nel solito gestaccio. Invece continuò a sorridermi, come se la Toscana lo avesse trasformato in una persona perbene.

« Mi sei mancato », disse, addirittura.

« Grazie », mi scappò dalla bocca, anche se non c'entrava niente.

« Ti va di scendere a giocare a pallone? »

« Certo », gli risposi, senza avere alcuna intenzione di farlo.

Mia madre mi raggiunse sul balcone. Un attimo dopo su quello di fronte apparve anche Caposala.

« Tania, tu hai capito chi sono esattamente questi congiunti? »

« Arrivano fino ai figli dei cugini. »

« Ah. Io ho un cugino senza figli. Lo posso vedere lo stesso? »

« Purché sia di primo grado e tu non lo incontri in una seconda casa. »

« E se uno ha un secondo affetto, in quale casa lo può incontrare? », continuò a giocare Caposala, ma la mamma si irrigidì in un silenzio gravido di imbarazzo, che all'epoca attribuii alla sua mancanza di senso dell'umorismo.

« Che cos'è questo assembramento? », esclamò Vanni Mauro, comparendo sul balcone. Stava diventando una conversazione decisamente affollata.

« Dicevamo che gli unici amanti che ti puoi permettere nella Fase Due sono i cugini di primo grado », scherzò sua moglie.

Vanni Mauro inarcò le sopracciglia e trafisse mia madre con lo sguardo.

« Temevo questo momento », sentenziò. « Siamo passati dalla fase dell'interruttore – acceso o spento – a quella della manopola. Adesso i diritti non si sospendono più: si dosano, Tania, ti è chiaro? », ma stavolta, chissà perché, mi sembrò che il suo tipico intercalare nascondesse una minaccia.

Avevo però smesso di credere che fosse un bandito. La suggestione delle rapine era svanita, insieme con la persona che l'aveva creata. Adesso per Vanni Mauro non provavo più né stima né paura. Due pulsioni che invece si davano battaglia nel mio cuore ogni volta che pensavo a mio padre.

Il giorno dopo, mentre la mamma stava per scolare la pasta – e io e Ross per scollarla dai piatti in cui si sarebbe inesorabilmente raggrumata –, sullo schermo del suo telefono apparve la parola Irene.

T'ansia rabbrividì. Con la Fase Due la zia era cambiata, nel senso che era tornata quella di prima. La fine della clausura aveva rispedito il suo umore agli inferi, ridando fiato ai lamenti con cui aveva ricominciato a perseguitare mia madre nelle loro chiamate quotidiane. Non si mostrava più in video, ma bastava sentire la sua voce da spettro per immaginare come si fosse ridotta.

« Non c'è nessuno ad aspettarmi là fuori, nessuno... » Era questa la sua nuova ossessione, assieme a un'altra che aveva inglobata e fatta sua dopo averla letta in una posta del cuore: « Appena guarirà il mondo, tornerò ad ammalarmi io ».

Non bastava neppure spostare la conversazione sulle picnic-lettere, perché la zia aveva smarrito lo slancio iniziale e non se ne occupava praticamente più. Tormentata dai sensi di colpa verso mio padre – l'unico uomo, diceva, che le avesse dato fiducia –, si era messa in testa di trovargli un benefattore disposto a rilevare il ristorante.

« Rispondi tu, tesoro! », esclamò la mamma, rivolgendosi a Rossana con tono esasperato e al tempo stesso supplichevole. « Dille che sto scolando la pasta e che ci sentiamo dopo, magari. »

Mia sorella, che di sentire zia Irene aveva ancora meno voglia di lei, mi spinse il cellulare sotto la bocca e io per l'imbarazzo biascicai: « Pronto...? »

« Mattia, sono la zia... » Una voce dall'oltretomba. « Mi passi la mamma? »

« Sta scolando la pasta scotta. Ti chiama dopo, altrimenti si scuoce ancora di più. »

« Dille che non posso aspettare! »

Recapitai il telefono a mia madre tra i vapori della pentola appena svuotata. Mi guardò storto e sbuffò.

« Irene, ti richiamo quando finiamo di man... Che cosa? No, dimmi... Ma che significa? Andrea ha messo un'ipoteca sulla casa?! Su *questa* casa? E tu come fai a... »

La mamma abbandonò gli spaghetti svenuti dentro lo scolapasta e cominciò a camminare intorno al tavolo della cucina sotto lo sguardo interrogativo di

Ross, mentre io mi chiedevo se ci fosse almeno una pizza surgelata da infilare nel forno.

«Ma è il colmo! Oltre ogni immaginazione!»

T'ansia diventò T'ansia al quadrato e poi al cubo. Si passava la mano tra i capelli di continuo, come se impugnasse un pettine imbizzarrito. «Ah, non è un'ipoteca... Come sarebbe l'ha data in garanzia? E a chi? Di Ponzio? Ma quello è uno strozzino... Devo parlarne subito con il mio avvocato!»

«Che succede, mamma?», chiese Rossana.

«Niente. Condiscila tu la pasta. Solo per te e tuo fratello, a me è passata la fame.»

Scomparve in camera sua con il cellulare, mentre io convincevo Ross a buttare la colla nella pattumiera e a dividerci la pizza trovata nel surgelatore, che aveva tutta l'aria di essere rimasto l'unico bene ancora di nostra proprietà.

Era successo che, consultando i documenti del ristorante da mostrare agli eventuali compratori, zia Irene si era imbattuta in una scoperta sconvolgente. Mio padre aveva dato in garanzia il nostro appartamento al famigerato Oreste Di Ponzio.

Forse quell'uomo non sarà stato il capo di una banda, ma stava per diventare il mio padrone di casa.

Queste cose le compresi un poco alla volta e mi divennero più chiare quando, grazie all'Orecchione puntato sulla parete, sentii la mamma lamentarsi al telefono con l'autore del pasticcio.

«Quando pensavi di dirmelo, Andrea? La casa

dove vive tuo figlio! E adesso ci farai buttare in mezzo alla strada?! »

Gli attaccò il telefono in faccia senza neanche attendere la risposta.

Nelle ore successive vidi più volte il telefono illuminarsi con il nome di papà, ma lei sembrava fieramente intenzionata a non parlargli mai più.

Io e Puff – soprattutto lui, devo ammetterlo – stentavamo a credere che la storia di Oreste Di Ponzio fosse completamente vera. Ci sembrava impossibile che papà, per quanto disperato, si fosse prestato a compromettere la serenità di quella che rimaneva comunque la sua famiglia.

Ripensandoci oggi, il mio rifiuto di accettare la realtà era una forma di autodifesa. Non volevo appallottolare nel cestino il disegno di un padre affidabile che avevo tratteggiato nelle settimane della clausura.

Continuavo a credere in lui, a ondate. E ad avere voglia di sentirlo, sempre. Ma il suo nome in casa nostra (nostra?) era stato bandito.

Non potevo nemmeno ricorrere all'aiuto della nonna: si era alleata con le altre donne della famiglia nel pensare tutto il male possibile di chi ci aveva venduto a uno strozzino. Non al punto, però, di proibirmi di chiamarlo con il suo telefono.

In quelle conversazioni con mio padre evitavo con cura la questione della casa. Preferivo fingere di non saperne nulla: la parte del finto tonto era una delle mie specialità, e lo è tuttora, al punto che mia moglie più di una volta ha azzardato l'ipotesi che io non finga per nulla.

Un pomeriggio – ci si avvicinava a fine maggio e papà se ne era andato da quasi un mese – lo aggiornai brevemente sulla scuola a distanza e sui compiti a oltranza. Con una certa malignità acquisita, aggiunsi che per ben tre volte avevo lasciato andare Giulio Mauro in cortile da solo, dopo avergli promesso che sarei sceso a giocare, dicendogli una raffica di bugie.

Mi sarei aspettato un applauso e invece si arrabbiò con me come non aveva mai fatto.

Urlò che le promesse non andavano annegate nelle bugie e che non mi avrebbe più stimato se non avessi chiesto scusa a Giulio Mauro.

*Senti chi parla di mantenere le promesse*, pensai, ma senza dirglielo, perché la sua voce inaspettatamente severa mi aveva ferito.

Tornai dalla nonna e le restituii il telefono con la faccia offesa.

« Che succede, piccinino? », mi chiese, timorosa che ci fossero altre brutte notizie sulla casa.

« Papà mi ha sgridato perché ho raccontato delle bugie a Giulio Mauro, però lui... »

« Gliele hai raccontate, sì o no? »

« Ho capito, però... »

« Era ora che tuo padre cominciasse a comportarsi da padre e non solo da amico », commentò.

Nonostante il mondo avesse riaperto da un mese, continuavo a rifiutarmi di oltrepassare il portone del condominio. In compenso avevo trovato la forza di chiedere scusa a Giulio Mauro. Ogni pomeriggio scendevamo in cortile a giocare insieme. La sua compagnia mi riusciva meno insopportabile di un tempo, come se la rabbia che permeava i suoi gesti non risuonasse più dentro di me con lo stesso accanimento di prima.

Ci sfidavamo su tutto, facendo il verso alle *challenge* che spopolavano su YouTube. Arrivammo a mangiare i croccantini di Piccipò. Stravinse Giulio Mauro, che ne ingurgitò una manciata, mentre io ne misi in bocca uno solo e corsi a sputarlo sotto l'Albero del Coraggio.

Erano i momenti più piacevoli della giornata. Figuratevi gli altri.

Il sette giugno Rossana compì diciassette anni. Fino all'ultimo aveva sperato di festeggiarli con i suoi amici e invece dovette accontentarsi di un noioso pranzo in famiglia.

Noioso si fa per dire, perché nella storia dei pranzi a casa di nonna Gemma fu di gran lunga il più stupefacente.

La nonna aveva apparecchiato la tavola con le posate d'argento che di solito restavano nei cassetti, eppure dalla sua cucina non arrivavano profumi di padelle al lavoro. Con aria desolata ci spiegò che le lasagne al forno si erano carbonizzate. Così aveva ordinato pizza e patatine per tutti.

« Pizza e patatine! », esclamai in estasi. « E possiamo anche mangiare davanti alla televisione? » Era l'aspetto della Fase Uno che mi mancava di più.

« Pizza e patatine? Nonna, sei impazzita? », si lamentò la festeggiata.

« Avresti preferito il sushi? », replicò nonna Gemma.

« Niente pesce crudo, per carità », intervenne T'ansia. Da quando si era imbattuta nel video di un mercato cinese – c'era un tizio che teneva in bocca dei pesciolini appena nati – aveva bandito anche la semplice possibilità di parlarne. « Se avessi saputo delle lasagne, avrei preparato qualcosa io. »

« Per carità, mamma, meglio pizza e patatine! », ridacchiò Rossana, ma senza il tono aggressivo che di solito sfoderava con lei.

Tra loro era successo qualcosa. Come se entrambe avessero lasciato i rispettivi nascondigli per incontrarsi in una terra di mezzo dove avevano scoperto di condividere delle emozioni: e il disprezzo per mio padre non era la sola.

Mia madre si era battuta affinché i suoi alunni

potessero incontrarsi al parco per un ultimo saluto prima dell'estate e la placida Ross si era schierata al suo fianco con un'energia insospettabile, lanciando una petizione su internet a cui avevano aderito gli studenti di molti licei.

Rispetto al pranzo del mio compleanno, l'unica sedia vuota era quella di zia Irene. Da qualche giorno si poteva di nuovo viaggiare da Nord a Sud e viceversa, ma lei non si era mossa da Roma per evitare di contagiarci con il suo malumore. In realtà – aveva sospirato al telefono – sentiva il bisogno di non lasciarsi più invadere dai turbamenti degli altri e preferiva tenere a distanza non solo i loro germi, ma anche i loro pensieri.

Ross c'era rimasta male per quasi un quarto d'ora. Poi al suo posto aveva invitato Piccipò.

« Qualcuno ha visto il gatto? », disse mia madre uscendo dalla cucina della nonna.

Ci mettemmo a cercarlo tutti, all'inizio per gioco, quindi con crescente apprensione. Le nostre indagini si fermarono davanti alla finestra del soggiorno.

« Mattia, l'hai lasciata aperta tu? », insinuò mia sorella con quel tono che usa ancora oggi quando vuole farmi sentire in difetto.

Mi precipitai sul balcone, ma invano.

Sulla scia di Andrei anche un altro componente maschile della famiglia aveva scelto la fuga.

Il campanile della chiesa aveva appena battuto l'una, quando Rossana si concesse una crisi isterica.

« Gli amici a distanza, le lasagne bruciate, la pizza che non arriva e adesso il gatto che sparisce. Ma che schifo di compleanno è? »

Si andò a rifugiare in bagno, dove la raggiunsi prima che si chiudesse dentro a chiave. L'abbracciai, scoppiando a piangere sulla sua maglietta gialla.

Ross mi accarezzò la testa e appena i miei singhiozzi persero vigore si accucciò sul pavimento.

« Schiena contro schiena? », propose.

Si voltò e mi voltai, finché non sentii la sua schiena lunga e ossuta sbattere contro le mie scapole da piccione.

« Mi dispiace », disse.

« Per Piccipò? »

« Per tutto. Sono stata io a portarti in casa papà. Non avevo idea dei casini che aveva combinato. »

« Non è colpa tua. E neanche sua. »

« Certo che è colpa sua. »

« Ross? »

« Eh? »

« Tornerà? »

« E dove vuoi che vada? Sarà salito sul tetto: sbadato com'è, speriamo solo che non ruzzoli giù. »

« Io dicevo papà. »

« Non contarci. »

Io invece ci contavo a tal punto che mi misi a contare. Come mi aveva insegnato lui.

*Adesso smetto per sempre di credere che mio papà sia un papà*, mi dissi, *ma non è ancora adesso. Prima conto fino a cinque. Uno... due... tre...*

Ero arrivato a quattro quando suonò il campanello.

« Rossana, vai tu! », urlò la nonna, ancora impegnata nelle investigazioni feline.

Appena mia sorella aprì la porta di casa, la vidi passarsi una mano tra i capelli per sistemare una ciocca ribelle. Poi si sentì un miagolio.

Non era mio padre, ma il giovane vampiro del primo piano. E in braccio non teneva il violino, bensì un gatto dalla faccia tosta fenomenale. Lo aveva trovato sul suo balcone.

Piccipò scappò dalle mani del violinista e venne a inchiodarsi davanti alle mie scarpe con un'aria offesa talmente ingiustificata che fui invaso dalla voglia di prenderlo in braccio.

« Cercavi papà, eh? », gli sussurrai all'orecchio, e lui per tutta risposta fece le fusa.

Piantato sullo zerbino, il violinista continuava a guardare Rossana, e non come se fosse stata una delle sette meraviglie del mondo – la guardavo già io così – ma come se fosse stata l'unica. Mia madre lo trapassò con il suo celebre occhio da scandagliatrice di bacilli e, facendosi forza, lo invitò a entrare.

« Vuoi fermarti a pranzo con noi? »

Il vampiro non chiedeva di meglio, anche se – a voler essere pignoli – il pranzo ancora non c'era.

Si chiamava Davide ed era il cugino di Tea, non il fratello, ma pur sempre un congiunto della bambola. Frequentava il primo anno d'università e quel suo zio che mi era sembrato tanto antipatico gli aveva prestato l'appartamento.

Era così timido che usciva poco persino quando farlo non era considerato un reato, ma dal modo in cui Rossana gli sorrise intuii che in casa nostra nei mesi a venire si sarebbe spesso sentito suonare un violino.

Mentre Piccipò, in preda a un attacco di fame nervosa, si lanciava sui croccantini sopravvissuti alla scorpacciata di Giulio Mauro, io avvertii il bisogno irresistibile di consultarmi con il mio migliore amico. Così dissi alla mamma che avevo dimenticato gli Squishy a casa nostra.

« Ti accompagno giù a prenderli », fece lei.

« Lascialo andare da solo », intervenne la nonna con una risolutezza che mi colpì.

« Ma non è mai entrato in casa da solo! »

« Appunto. »

Per la prima volta mi venne affidato un mazzo di chiavi.

Una corsa per le scale, uno scatto di serratura e mi ritrovai in corridoio, nella mia stanza e poi addosso a Puff.

« Ho paura che abbia ragione Ross, sai? Lui non tornerà più », mi sfogai.

« Se la Regola del Cinque non ha funzionato », sentenziò Puff, « vuol dire soltanto una cosa. »

« Che cosa? »

« Che dobbiamo inventarci la Regola del Sei. »

Fu così che mi misi a contare fino a sei, ma poiché continuava a non succedere niente, presi congedo da Puff con aria imbronciata e mi spostai sul balcone.

Guardai di sotto e non vidi nessuno, a parte un fattorino. Avanzava barcollando attraverso il cortile con una torre pendente di cartoni fumanti che gli saliva fin sopra la faccia.

« Mattia, sbrigati, arrivano le pizze! », urlò la nonna, sporgendosi dalla ringhiera.

Mi era completamente passata la fame.

Chiusi la porta di casa e salii di corsa le scale. Mi tornarono alla mente le parole di nonna Gemma, chissà perché.

*Fuggire verso l'alto. Questo è il compito, questa la vera impresa.*

Ero appena arrivato sul suo pianerottolo quando la porta dell'ascensore si aprì e la torre pendente di pizze mi precipitò addosso, sporcandomi le scarpe di mozzarella.

Cercai la faccia del fattorino proprio nell'istante in cui abbassava la mascherina. Aveva la barba troppo lunga o troppo corta. Non c'era proprio verso che riuscisse a tagliarsela in modo decente.

« Papà! »

« Che fatica, campione! Chi fa questo lavoro dovrebbe essere pagato molto di più. » Intanto con una mano sporca di pomodoro mi accarezzava i capelli e con l'altra cercava di rimettere a posto i cartoni.

Appena noi e le pizze tornammo presentabili, suonai alla porta e la nonna venne ad aprirci con il sorriso di chi sa già tutto. Mia madre e mia sorella fissavano esterrefatte la scena e il violinista senza violino accarezzava Piccipò per darsi un contegno.

« Buon compleanno, Rossana! », esordì mio padre. E guardando la mamma negli occhi continuò: « Sono venuto in pace e senza debiti. Poiché ho deciso di trasferirmi a Milano potete considerarmi di nuovo un vostro concittadino. »

« Se è una delle tue trovate per invaderci casa un'altra volta... », sibilò mia madre con quella voce da bambina che, ormai lo sapete, tirava fuori solo quando era a disagio.

« Ho detto che torno a stare a Milano, non da voi. »

La mamma si alzò da tavola senza ammorbidire il suo cipiglio.

« Ah! E che ne sarà della casa? »

« Potrai farne ciò che vorrai, dal momento che presto sarà tua. »

« Basta scherzi, Andrea. »

« Nessuno scherzo. Ho sistemato tutto con il notaio. »

« E il tuo debito? »

« Saldato. Fino all'ultimo centesimo. »

« Chi ha pagato? Federica? »

Papà si oscurò per un attimo.

« No. Superman, Batman e Catwoman. I miei supereroi hanno fatto una colletta. »

« Hai venduto la collezione! », esclamò Ross.

Nonna Gemma sembrava l'unica a non essere sorpresa dal precipitare degli eventi e mostrò di averne il controllo completo.

« Ross, mi dai una mano a mettere le pizze nei piatti? E tu, Mattia, vai a tirare fuori dal frigo le birre, l'acqua frizzante e una Schweppes al limone. »

« Grazie, nonna, è per me? »

« E chi altri riuscirebbe a berla assieme alla pizza? Tania, perché non accompagni Andrea a lavarsi le mani? »

« Papà non è capace di lavarsele. Lo accompagno io. »

« Fidati, piccinino: lascia che ci vada la mamma. »

Fu il lavaggio di mani più lungo della storia. Quando ritornarono, noi avevamo già finito di mangiare le pizze e sul tavolo erano rimaste soltanto le due più ammaccate.

« Preferite un po' di lasagne? », domandò nonna Gemma a mia madre.

« Ma non erano bruciate? », si intromise Ross.

« In effetti mi sembrava. Adesso non bruciano più... »

I Promessi Divorziati si accontentarono delle pizze riscaldate. Papà ingurgitava bocconi imponenti in silenzio, facendomi di continuo l'occhiolino: era un'immagine veramente orribile, eppure ogni volta che la rievoco mi commuovo.

Lo stato d'animo della tavolata non induceva alla

socialità. Rossana avrebbe voluto rimanere sola con Davide, Piccipò con i croccantini, io con mio padre, e mia madre probabilmente con la sua, per farsi spiegare quella che aveva l'aria di essere stata un'imboscata allestita da nonna Gemma in combutta con Andrei.

La presenza del violinista fu considerata da tutti un'ottima scusa per parlare d'altro, cioè del virus. L'avvicinarsi dell'estate sembrava averne ammorbidito l'impatto. Quelli erano i giorni in cui si discuteva delle conseguenze che un abbassamento della guardia da parte di pochi avrebbe avuto sul destino di tutti.

Ognuno aveva adottato uno scienziato, o parti di esso, e lo utilizzava in base alle proprie opinioni e convenienze. Rossana sbandierò la tesi di un noto virologo secondo il quale il virus era diventato meno pericoloso e prese le difese dei giovani che si accalcavano sui Navigli senza mascherina.

« Se riapri di colpo le gabbie dopo averci rinchiuso per mesi, devi mettere in conto che qualcuno si lascerà andare. Invece voi state sempre a farci la predica! Non abbiamo già sofferto abbastanza? »

Davide annuì, ma forse lo avrebbe fatto anche se Ross avesse sostenuto che quei ragazzi fossero da mettere al muro.

T'ansia invece scosse la testa.

« Ma non capite che così il contagio ripartirà e in autunno saremo daccapo? Ognuno di noi pensa che il virus sia un problema che riguarda soltanto gli altri... »

Per placare gli animi, la nonna schierò l'artiglieria pesante: Boccaccio, Manzoni e una sfilza di altri scrittori amici suoi. « La notizia della fine del mondo mi sembra lievemente esagerata. Abbiamo superato la peste, la spagnola e altri flagelli. Prima o poi arriverà il vaccino e nel frattempo ci abitueremo a vivere con qualche precauzione. Com'è che lo chiamano? Distanziamento sociale. »

« Grazie al virus i ricchi sono sempre più ricchi e i poveri sempre più poveri. Eccolo, il vero distanziamento sociale », borbottò mio padre. E tutti, per una volta, gli diedero ragione.

T'ansia aveva preteso che sulla torta di mia sorella non ci fossero candeline. Gliene fece soffiare una a parte, infilata malinconicamente su un bignè. Tra congiunti ci si baciò con circospezione, tranne Andrei che dovette accontentarsi di qualche gomitata.

Poi brindammo al futuro. Ross si augurò di celebrare i diciott'anni con una festa quasi normale e Davide promise che quel giorno avrebbe suonato per lei al violino una delle sue canzoni preferite, *Good Times* di Ghali.

Accadde davvero. Nei mesi successivi il virus fece ancora parecchi danni, ma alla fine si adattò alla specie che lo ospitava. Il mondo riprese la sua corsa dentro l'Adesso, che mentre lo si vive appare sempre molto peggiore di tutti gli Adesso che lo hanno preceduto, ma che dopo qualche anno gli uomini cominciano a rimpiangere, cullando ricordi deformati dalla nostalgia.

Facciamo così da millenni.

Anche mamma e papà finirono con l'adattarsi tra loro.

Quel pomeriggio, mentre Ross si chiudeva in bagno a provare i vestiti che aveva ricevuto in regalo, Andrei mi fece indossare la maglietta di Lukaku per andare a giocare in cortile.

Appena rimanemmo soli, gli chiesi se per pagare Oreste Di Ponzio avesse davvero venduto tutta la sua collezione.

« Proprio tutta, no. »

Rovistò nello zaino e tirò fuori un piccolo album pieno di rughe, protetto da una pellicola di plastica.

« È il fumetto di Flash Gordon che apparteneva a mio padre », mi disse « Un giorno sarà tuo, te lo conservo finché non diventi grande. Ti fidi? »

Gli sorrisi.

Scendendo le scale, passammo davanti all'appartamento vuoto del primo piano e mi accorsi che il cartello « Affittasi » non c'era più.

« L'ho preso io », disse papà. « Così vi starò vicino senza starvi addosso. Ma ci sarà una stanza per te e potrai venirci tutte le volte che vorrai. »

« Perché non provi a convincere la mamma a farti tornare da noi? »

« Non è così semplice, campione. Ma ormai sei grande e proverò a spiegartelo. »

Eravamo arrivati in cortile e papà andò a sedersi per terra, sotto l'Albero del Coraggio. Io rimasi in piedi di fronte a lui.

« L'amore, Matti, è una danza. E la vita è un'orchestra che suona canzoni sempre diverse. I due ballerini devono adeguarsi ai cambi di ritmo senza pestarsi i piedi e cercando un *Perché* che dia loro la forza di continuare a ballare. »

« Ed esiste un *Perché* per ballare ancora con la mamma? »

« Credo di sì. Solo che non coincide più con il *Dove*. Per fortuna due persone come noi possono continuare a danzare anche a distanza. »

« Ho capito, però... »

Però, a essere sincero, non avevo capito niente. Il tempo si incaricò di spiegarmi che cosa aveva voluto dirmi mio padre.

Lui e la mamma non tornarono più insieme, ma non si lasciarono mai.

Dopo il loro divorzio, Federica scomparve dai radar e papà rimase ad abitare al primo piano fino a quando non si spostò nell'appartamento di fronte al nostro, quello di Giulio Mauro.

Non ho mai saputo se mia madre avesse poi rivelato a Caposala le imprese compiute da suo marito durante il *lockdown*, ma di sicuro, qualche anno dopo, quei due si separarono e lei si trasferì in Toscana con il figlio, affittando la casa a papà.

Alcune donne vi si avvicendarono, come alcuni uomini entrarono nella vita di mia madre, ma a nessuna e a nessuno di loro fu mai concesso di insediarsi. Da anziani i miei genitori cominciarono ad assomigliare a una vera coppia di coniugi. Litigavano di continuo, però si erano creati un mondo soltanto loro. Talvolta, la sera, mentre guardavano insieme una vecchia serie tv la mamma si addormentava sul divano e papà interrompeva la puntata per non portarsi avanti con la trama. Prima di tornare a casa sua, la copriva con un plaid.

Ci lasciamo l'Albero del Coraggio dietro di noi, e siamo davanti al portone che dà sulla strada.

Io e lui, insieme.

Ne abbiamo fatti di passi per arrivare fin qui, ma non ho alcuna intenzione di spingermi oltre, anche se papà mi ha appena sussurrato una frase all'orecchio.

« Ci andiamo a prendere un bel gelato? »

Mi guardo le scarpe senza rispondere. Poi gli volto le spalle e comincio a camminare lentamente in direzione delle scale.

« Mattia! »

Giro la testa. Papà ha fatto scattare il pulsante del portone e dallo spiraglio entra una lama di luce.

Mi sento come l'eroe di un film di fantascienza quando gli si spalanca davanti un portale affacciato su altre dimensioni.

L'eroe sa che quel portale si richiuderà tra un attimo, e che un attimo è troppo poco per dire addio alle certezze. Ma sa anche che, se non trova adesso il coraggio di osare, le vecchie abitudini lo risucchieranno per sempre.

Papà rimane immobile e mi tende una mano che nel ricordo mi sembra enorme.

Io faccio un piccolo passo verso di lui, poi gli corro incontro, lasciando che la mia mano scompaia nella sua.

« Senza panna sopra, naturalmente », sorride.

« No, con la panna. Voglio provare com'è. »

*Milano, dicembre 2080*

*C'era una volta adesso* è dedicato a mia moglie Simona Sparaco. Non solo per ragioni affettive, ma perché l'idea ci è venuta insieme e insieme le abbiamo dato forma, giorno dopo giorno, al punto che avremmo potuto firmarlo in coppia se lei nello stesso periodo non avesse dovuto pubblicare un suo libro.

Il mio grazie va ad Alex Zanardi – sua è la Regola del Cinque che ha ispirato il padre di Mattia –, a Elisa Del Mese che mi ha suggerito il titolo, e a Dario Buzzolan che mi ha fatto conoscere il mondo dei collezionisti di fumetti.

Un ringraziamento anche a Christopher Vogler, autore di quel *Viaggio dell'eroe* che mi ha tenuto compagnia durante la clausura lasciando tracce nei pensieri del Mattia adulto.

Ringrazio infine i tanti lettori che mi hanno scritto per condividere le emozioni di un anno che non dimenticheremo. I loro spunti hanno nutrito le pagine di questo romanzo.

*Milano, dicembre 2020*

INDICE

Massimo Gramellini
L'ultima riga delle favole

Tomàs è una persona come tante. E, come tante, crede poco in se stesso, subisce la vita ed è convinto di non possedere gli strumenti per cambiarla. Ma una sera si ritrova proiettato in un luogo sconosciuto che riaccende in lui quella scintilla di curiosità che langue in ogni essere umano. Incomincia così un viaggio simbolico che, attraverso una serie di incontri e di prove avventurose, lo condurrà alla scoperta del proprio talento e alla realizzazione dell'amore: prima dentro di sé e poi con gli altri.
Con questa favola moderna che offre un messaggio e un massaggio di speranza, Massimo Gramellini si propone di rispondere alle domande che ci ossessionano fin dall'infanzia. Quale sia il senso del dolore. Se esista, e chi sia davvero, l'anima gemella. E in che modo la nostra vita di ogni giorno sia trasformabile dai sogni.

TEA

Finito di stampare nel mese di giugno 2022
per conto della TEA S.r.l.
da Reggiani Print S.r.l. - Brezzo di Bedero (VA)
Printed in Italy